Traque noire à Audierne

Cet ouvrage de pure fiction n'a d'autre ambition que de distraire le lecteur. Les événements relatés ainsi que les propos, les sentiments et les comportements des divers protagonistes n'ont aucun lien, ni de près, ni de loin, avec la réalité, et ont été imaginés de toutes pièces pour les besoins de l'intrigue. Toute ressemblance avec des personnes ou des situations existant ou ayant existé serait pure coïncidence.

Serge LE GALL

Traque noire à Audierne

Collection

ENQUÊTES & SUSPENSE

Quadri Signe - Editions Alain Bargain
125, Vieille Route de Rosporden - 29000 Quimper
E-mail : editions.alain.bargain@wanadoo.fr
Site Internet : perso.wanadoo.fr/editions.bargain

« Elle riait.
Portés par le vent noir
Qui annonce la peste,
Ces chiens du nord
Chevauchaient en silence.
A la fin de la nuit,
Ils allaient croiser sa route.
Elle ne le savait pas. »

Uchen Yang,
Infatigable voyageur chinois
(Période des Cinq Dynasties - Xe siècle)

« La vérité engendre la haine. »
Cicéron.

PROLOGUE

— Ne me tuez pas !

Elle implora encore une fois :

— Ne me tuez pas, je vous en supplie !

Elle avait froid. Elle était trempée de la tête aux pieds. A plusieurs reprises, elle était tombée dans les trous d'eau dissimulés par la végétation en friche. Elle s'était relevée à la manière d'un combattant fourbu mais toujours décidé à vaincre. Son petit corsage brodé, celui qui lui venait de sa grand-mère trop tôt disparue, s'était extrait de la jupe. Il pendait lamentablement comme une pauvre chose inutile. Il était maculé de traînées noirâtres comme un chiffon sale abandonné au fond d'un garage. Dans sa course éperdue pour sauver sa vie, la jeune femme n'avait pas fait attention à sa tenue vestimentaire. Dans ces ultimes moments où l'espoir n'était plus autre chose qu'une hypothèse d'école, cela n'avait plus la moindre importance. Le corsage était fort échancré. Il avait été taillé pour être porté à une autre époque, des temps d'un siècle passé où la gorge des femmes était mise en valeur. Le premier bouton était défait. Le vêtement fin et délicat ne cachait plus grand-chose. Mouillé au delà du possible, il collait à la peau de la jeune femme et soulignait ses seins superbes. En d'autres temps et d'autres lieux, des yeux concupiscents auraient profité sans vergogne du spectacle. Les deux hommes qui avançaient difficilement vers elle, l'eau noire de la rivière jusqu'aux genoux, n'étaient pas là pour ça.

Elle croisa les bras sur sa poitrine partiellement dénudée. Signe de protection dérisoire. Elle s'aperçut qu'elle avait perdu sa chaîne en or et son pendentif. Elle n'y accorda pas beaucoup d'importance. Elle n'en avait même plus la force. L'eau sale mouillant ses cheveux blonds gouttait sur le dos de ses mains. Semblable au compte à rebours d'une clepsydre insensible à la détresse humaine. Elle tressaillait à chaque fois qu'une perle d'eau s'écrasait sur sa peau comme si une flèche la transperçait de part en part. Ses sens restaient aux aguets. Ils se préparaient au désespoir. Là-bas, derrière ses bourreaux qui ne se pressaient guère de venir mettre un terme à leur sale besogne, elle apercevait des toits perdus dans la grisaille de ce petit matin. Là-bas, un enfant dormait profondément en suçant son pouce sous le regard fixe d'un lapin en peluche. Ses parents paressaient sous la couette froissée, enlacés comme au premier jour. Ils avaient le loisir de profiter encore un peu de ces heures rares où la main caressante fait naître le matin du monde. C'était dimanche. La chance n'était pas de son côté. Un jour de semaine, quelqu'un s'en allant au travail aurait pu déranger la horde de loups qui venaient de lui donner la chasse en cette fin de nuit. D'un coup de baguette magique, le cours des choses en eût été changé.

La mort aurait passé son chemin. Elle aurait été

contrainte de choisir quelqu'un d'autre. Peut-être à regret. Un peu plus loin. Un peu plus tard.

Elle était une jeune femme comme les autres, unique et banale à la fois. L'instant d'avant tout ça, elle était une inconnue. Voilà qu'elle s'était muée en une cible de choix, une sorte de gibier triste que l'on exécute quand la fierté s'en est allée toute seule. Dimanche. Jour sombre. Jour de repos, de repos éternel.

Ses poursuivants occupaient la berge, à deux ou trois mètres d'elle. Ils étaient figés dans une attitude grotesque commandée par le sol instable et spongieux. Elle percevait leurs yeux rougis dans leurs visages marqués et leurs halètements de chasseurs fatigués. Eux aussi, ils avaient peiné en cette fin de nuit pour la rabattre vers ce lieu maudit.

Quand elle avait vu les phares d'une voiture près du pont, elle avait savouré une bouffée d'espoir comme les premières fraises au printemps, celles qui font de leur parfum une promesse de plaisir en bouche. Le projectionniste allait arrêter le film et rallumer la salle sous les protestations des cinéphiles du samedi soir. Fini ce cauchemar aux relents de mort. On allait la secourir, l'entourer, la protéger et mettre hors d'état de nuire cette bande d'assassins. On allait balayer la peur. D'abord, elle avait vu la femme. Celle-ci était adossée à la voiture à la manière d'un mannequin qui pose dans une publicité pour un constructeur automobile. Elle fumait une cigarette en regardant ailleurs. A ce moment précis, son sang s'était glacé. Le destin cinglait l'espoir d'un coup de cravache. Les feux de route de la voiture étaient allumés. Comme le véhicule était arrêté dans une pente, ils éclairaient une portion de rivière en aval du pont. Une scène, un ring, une arène. Les jeux du cirque.

Malgré tout, elle avait continué à marcher péniblement dans les herbes gorgées d'eau. Elle suivait un chemin circulaire dans le secret espoir d'éviter le danger. Les deux autres hommes, précédemment masqués par la voiture, étaient entrés à leur tour dans son champ de vision. Alors, elle avait compris que sa tentative de contournement avait échoué. Usant des ressources propres à un animal traqué, elle avait traversé une grande mare avant d'atteindre la rivière. Elle espérait rejoindre l'autre berge et se perdre dans le sous-bois. La seule chance encore de sauver sa vie.

Elle était entrée dans l'eau noire et elle avait fait quelques pas hésitants. Les deux hommes s'étaient montrés en face, à la lisière des taillis, comme des marionnettes à la foire des Vieilles. Ils lui barraient la route. Elle avait compris qu'elle n'avait plus d'issue. Bravement, elle avait alors remonté le courant en direction du pont. Dans le même mouvement, les deux hommes s'étaient déplacés vers le terre-plein herbeux. L'un d'eux s'était assis à la table de pique-nique. Il avait suivi des yeux la pénible progression de la victime vers une échappatoire impossible. Difficile de savoir ce qui se tramait au tréfonds de son être. Il est des esprits en proie à des tourments si puissants qu'ils n'ont pas la force de s'en extirper sans conséquence. Elle était prise en tenaille. Devant elle, deux hommes attendaient qu'elle tente de monter sur la berge. Derrière elle, deux autres lui barraient la retraite. Maintenant, dans la lumière jaunâtre se mêlant au petit matin blafard, elle faisait face comme un brave petit animal traqué. Son destin ne lui donnait plus le choix. Pathétique et dérisoire. Il n'y avait pas de public pour apprécier son courage. Et personne pour lui tendre une main secourable.

Encore une fois, avec la conviction d'une martyre, elle implora la clémence de ses poursuivants :

— Je ne dirai rien à personne, je vous le promets. Ne me tuez pas, je vous en supplie !

Ils hésitèrent un instant. Après tout, ils n'étaient pas des tueurs à gages. Il était encore temps d'arrêter toute cette horreur. Redevenir l'enfant d'une mère comme au premier jour. Pour l'innocence et la candeur. Oui mais après, il faudrait expliquer. Expliquer l'acharnement imbécile, la traque innommable et cette indignité collective qui, désormais, pèserait sur leurs épaules. Des gens bien ordinaires, un groupe de jeunes gens en goguette, s'étaient mués en une horde de loups sanguinaires. Qui était responsable ? La nuit qui révèle les blessures des âmes ? L'alcool qui habille de couleur les pulsions les plus noires ? Ou plutôt, l'incommensurable bêtise humaine. Qui donc pourrait tenter de les comprendre ? Qui donc oserait faire un geste pour les absoudre ?

L'un d'eux, la tignasse rebelle, se retourna. La femme était remontée dans la voiture. Elle avait éteint les phares. Le jour se levait. Dans quelques minutes, tout lambeau de nuit aurait disparu. Quelqu'un pouvait passer sur la route et mettre en péril ceux-là mêmes qui voulaient effacer toutes les traces de leur forfait afin de rester impunis. Il fallait en finir. Tout cela était allé trop loin. Il ne restait plus rien de l'éducation ni de la morale. On en était aux expédients. C'était la fin d'un rêve et le début du cauchemar. Le goût amer d'un secret trop lourd à porter et l'affreuse certitude des remords à venir. En ce petit matin glauque où les loups jettent la nuit aux chiens, cette jeune femme avait eu le malheur de croiser leur route. Elle devait disparaître pour qu'il ne reste plus rien de cette lamentable histoire. Ils n'avaient plus d'autre choix.

*Alea jacta est…**

Quand elle comprit au bruit des remous qu'ils approchaient, elle se promit de résister. Pour elle et aussi pour eux. Par dignité. Si elle devait mourir là, au milieu de cette rivière où les pêcheurs à la ligne viendraient tremper leur fil tout au long des siècles à venir, elle ne pouvait pas faciliter la tâche de ses assassins en s'abandonnant trop vite à son destin. S'ils voulaient la tuer, qu'ils se débrouillent ! Après tout, c'était leur affaire. Elle n'avait pas à accepter la sentence. Elle n'était coupable de rien. Quand le premier homme venu par derrière posa une main sur son épaule, elle tressaillit. Tout son être se mobilisa pour l'ultime tranche de vie. C'était bien de cela qu'il s'agissait en définitive. Les minutes lui étaient comptées. L'aiguille trottait sur le temps des assassins.

« Encore une minute, monsieur le bourreau… »**

---

*« Le sort en est jeté. »Phrase célèbre prononcée par Jules César au moment de franchir le Rubicon.

**Phrase célèbre prononcée par la comtesse du Barry en montant à l'échafaud le 8 décembre 1793.

Elle tourna la tête de côté et elle lui cracha au visage. Il ne broncha pas. Il s'essuya d'un revers de main et, en guise de représailles, il accentua sa pression. Le deuxième larron procéda de la même manière sur le côté droit. Elle sentit que le sol se dérobait sous ses pieds. Tout l'abandonnait. Elle tomba à genoux. Elle sentit la morsure des pierres tapissant le lit de la rivière. Incisives et traîtres comme des banderilles. La lâcheté se cache derrière des rites. Elle se croit légitime et innocente. Le matador n'ose affronter qu'une bête affaiblie. Ceux-ci se mettaient à deux pour terminer leur sale besogne. Quel courage !

L'eau lui caressa le menton avant d'atteindre ses lèvres qu'elle maintint serrées encore quelques instants. Elle fixa l'inconnu qui n'avait pas quitté la table de pique-nique. Elle ne saurait jamais s'il était en accord avec ses comparses ou s'il s'en lavait les mains tout simplement. Qu'il garde à jamais posé sur lui le regard d'une victime innocente !

Les mains puissantes l'obligèrent à se plier davantage encore jusqu'à ce que ses fesses touchent ses talons. Elle disparut sous l'eau sans opposer de résistance. Ses yeux ne voyaient plus rien d'autre que du noir. Elle n'avait plus la force de faire attendre la mort plus longtemps.

Elle ouvrit la bouche.

I

Landowski sortit lentement de la gare. Il fit quelques pas sur le parvis et il s'arrêta, le nez relevé comme un chien de chasse qui cherche à capter les effluves du gibier. Machinalement, il releva la tête vers les immeubles situés juste en face. D'un œil exercé, il aperçut quelques volatiles nerveux quitter une souche de cheminée mangée de mousse et d'humidité. Il frissonna comme un vieux malfrat en posant la main sur son arme de service. La crosse que l'on caresse a toujours quelque chose de rassurant. Il se jugea un tantinet parano et il se fendit d'un sourire à deux balles.

Il n'est jamais bon de voir les oiseaux s'envoler. C'est le signe que quelque chose ou quelqu'un les a dérangés. Souvent, ce n'est rien de grave, une porte qui claque ou un quidam qui sort sa poubelle. Et puis, il y a les jours de lessive…

Un tireur embusqué attend depuis des heures dans une position inconfortable. Il s'est fait un repas de rêve. Il a mangé un méchant sandwich. Du blanc de poulet anémié, enduit de mayonnaise comme sortie d'un tube souffrant d'entérocolite et emmailloté d'une feuille de salade fripée. Il a failli bloquer l'entrée de son œsophage d'un bout de cake aux raisins et il a arrosé le tout d'une bière en boîte qui n'arrête pas de se rappeler à son bon souvenir. Le tireur dérange quand, tout à coup, il ajuste son fusil à lunette pour viser la cible et remplir son contrat en appuyant sur la détente d'un geste lent et mesuré. Sa tâche accomplie, il pourra aller roter ailleurs et cracher sur les tombes de ceux qu'il a expédiés ad patres. En maudissant ces satanés volatiles !

Landowski s'est toujours demandé ce que peuvent ressentir ces exécuteurs au moment de faire très précisément ce qu'on attend d'eux. Alors qu'il les imagine mangés d'incertitudes et craignant les remords qui vont les assaillir demain et toujours, ils sont peut-être tout simplement en train de penser à leur futur week-end à la campagne. Rêvent-ils d'une tartine de rillettes avec un bon coup de vin de pays ou d'un cocktail de fruits rouges siroté en terrasse ? Rêvent-ils du repos du guerrier ou de compte en banque ? Rêvent-ils, tout simplement ? Ils peuvent aussi bien ne penser à rien. A rien du tout. Les gangsters encombrants ou les parrains vieillissants ont souvent fait les frais de ce genre d'envolée. La dernière image imprimée sur leur rétine a toujours été celle d'un ciel qui bascule à l'infini. Ils l'ont traversé comme une flèche avant un fondu au noir à caractère définitif. Leur sang a rougi le trottoir comme un éclaboussement de fruit mûr avant de couler dans le caniveau en rigoles hésitantes. Comme un rite, comme un sacrifice.

*Aïd el kébir !**

---

*Jour de commémoration du sacrifice d'Abraham dans la religion musulmane.

Landowski n'a rien d'un voyou. Chacun choisit le côté de la barrière qu'il préfère. Et il a choisi le camp de la légalité. En espérant toujours pouvoir la respecter. Sauf exception qui confirme la règle. Cependant, il reste vigilant comme un gibier aux aguets parce qu'il se souvient très bien de ces flics qui ont été plombés comme des palombes à la passée, les jours de grand ménage. Et ni Voltaire ni Rousseau n'étaient coupables, il est prêt à en attester sur l'honneur de ceux qui sont tombés.

Disons aussi que, parfois, il voit s'approcher la peur. La sienne !

Encore une fois, il revenait dans cette bonne ville de Quimper. Il esquissa un petit sourire de carnassier contrarié comme s'il se jouait une scène à la Bogart. On n'est jamais loin du *Port de l'Angoisse*. Dans son oreille, il entendait déjà les sarcasmes de ses collègues de la police locale. Ils allaient ergoter un brin sur sa présence en Finistère. Landowski, le flic de choc !

Vanitas vanitatum.*

Lors de son dernier passage en cette gare, Tonton était venu l'accueillir et toute cette histoire de Douarnenez l'avait pris à bras le corps pour le plonger sans précaution dans le maelström des turpitudes humaines. Un peu à la manière d'un crustacé qui n'a jamais imaginé trouver l'eau du bain si brûlante. Les surprises et les drames avaient terni pour un temps l'image idyllique des voiliers évoluant dans la baie. Au point

---

*« *Tout est illusion* » *L'Ecclésiaste* (I,2).

de conduire bons et méchants à leur dernière demeure. Dans le même cimetière.*

*« Ce toit tranquille où marchent des colombes... »***

A proprement parler, il ne s'agissait pas ici d'une nouvelle enquête. Lando venait de souffrir de la dernière affaire qui l'avait ballotté entre l'île de Batz et Roscoff comme un naufragé solitaire. Au final, il avait été plutôt bon sur ce coup-là. En professionnel d'expérience, il avait su tirer son épingle du jeu à temps. On ne pouvait pas en dire autant de tout le monde. Mais cet épisode malheureux lui avait laissé un souvenir mitigé. Il en gardait des bleus à l'âme.***

Cette fois, il était invité à passer quelques jours chez Louis-Antoine Brousse, un juge d'instruction qui s'était retiré à Audierne pour sa retraite. Il était impatient de poser son sac sur les rives du Goyen. Fiévreux comme un candidat au concours de commissaire de police. Excité comme une puce sur un chien bien nourri. Fin prêt quoi !

Surtout que le juge venait de recevoir une lettre anonyme.

---

*Lire *La Douarneniste et le Commissaire*, même collection, même auteur.
***Le cimetière marin* - Paul Valéry - 1920.
***Lire *Corps-mort à l'Île-de-Batz*, même collection, même auteur.

II

Maria se plaça devant la grande glace de l'armoire ancienne. Elle ne portait rien d'autre qu'une chaîne en or terminée par un petit bijou autour du cou. Son pendentif fétiche était orné d'un camée rose pâle qui se mariait parfaitement avec la couleur de sa peau. Elle ouvrit l'armoire pour prendre une petite culotte immaculée qu'elle enfila lentement en suivant son geste du regard. Ensuite, elle passa délicatement le petit corsage brodé sur ses seins nus. Aujourd'hui, elle ne mettrait pas de soutien-gorge. Pierre méritait bien cette attention particulière. D'ailleurs, elle n'avait besoin d'aucun artifice pour mettre sa poitrine en valeur. Elle attendrait qu'il lui fasse un enfant pour s'imposer le sous-vêtement adéquat. Elle avait envie d'un gros garçon de trois ou quatre kilos pour que celui-ci se jette avec avidité sur ses tétons pour se rassasier. Pour l'heure, la sensualité prenait le pas sur la maternité.

Sa grand-mère avait fermé les yeux un matin de l'année précédente. Avant de s'en aller, elle avait juste exprimé le désir de voir la campagne s'éveiller une dernière fois. Depuis le début de sa maladie, on avait placé son lit sous la fenêtre.

Ce jour-là, on l'avait ouverte toute grande. L'air un

peu frais avait coulé dans la c
pâte à berlingots qui s'étire mc
chet tandis que les pommes d
le plateau marbré. Des odeurs
be coupée avaient accompa
parfums de la nature en pleine en
envahi la chambre.

Une dernière visite en forme d'hommage. Et la vie de la vieille dame s'était envolée sans bruit.

Un dimanche matin de l'hiver précédent, après le petit-déjeuner pris en commun, la grand-mère avait demandé à Maria de la suivre dans sa chambre. Elle avait pris des airs de comploteuse expérimentée pour l'attirer à l'étage, séance tenante. Une fois la porte refermée comme celle d'un tabernacle, elle avait fourragé dans l'armoire et avait sorti un vêtement protégé par une enveloppe de plastique. Elle avait délicatement posé le paquet sur la courtepointe puis elle avait ôté la protection en chantonnant.

De sa petite voix douce, elle avait dit :

— Tu sais, petite, je tiens beaucoup à ce corsage. C'est grâce à lui que j'ai aguiché ton grand-père ! Il était un peu ballot, comme tous les hommes. Enfin, il ne se décidait pas. J'avais mis un grand châle pour me promener avec lui. J'avais dans l'idée de le surprendre. Quand nous avons été seuls au bord de la rivière, je l'ai enlevé. Il a bien compris le pourquoi de mon geste. Il a regardé ma poitrine qui tendait le tissu et son visage s'est éclairé comme un cierge de Pâques. J'ai vu dans ses yeux des choses inoubliables. Si tu savais comme j'étais fière. J'avais osé !

profité d'un mouvement de foule pour se presser contre lui. Peut-être en avait-il été choqué mais il n'avait pas protesté. Surtout, il n'avait pas rompu le contact et c'était bien le principal. Un peu gauchement, il l'avait invité à prendre un verre à la terrasse d'un café situé à l'écart de la manifestation. Ils s'étaient trouvés si bien ensemble qu'il avait fallu que la nuit tombe pour qu'ils se résignent à se séparer.

Puis ils avaient vécu une histoire d'amour comme tant d'autres. Sans explication, Pierre l'avait délaissée pendant des jours et des mois comme s'il avait eu des affaires à régler avant de revenir vers elle. Comme si de rien n'était !

Ils avaient passé leurs examens chacun de leur côté, s'épiant un peu pour savoir ce que l'autre penserait d'un éventuel échec. Pierre avait trébuché avant de se reprendre brillamment lors de la session de rattrapage. De son côté, Maria avait raflé la mise d'entrée de jeu avec une réussite insolente.

Cette soirée, ils allaient la vivre ensemble pour fêter ça. Maria n'avait pas abandonné la partie. Elle comptait bien sur cette sortie pour balayer les hésitations et poser les bases d'une union future. Sa demi-sœur avait bien quitté le domicile familial pour vivre sa vie. A présent, Maria estimait que c'était son tour de voler de ses propres ailes.

Elle en était là quand un coup de klaxon retentit. Elle se pencha à la fenêtre. Elle sourit en voyant le toit rouge de la voiture de Pierre. En se penchant davantage, elle aperçut une partie de son bras gauche appuyé sur la vitre baissée. Ses doigts tapotaient en cadence comme s'ils suivaient le tempo d'une chanson. Maria supposa que Pierre écoutait un de ses airs favoris en l'attendant. Il devait donc être de bonne humeur. La soirée se plaçait sous les meilleurs auspices. Elle jeta un dernier coup d'œil à sa tenue. Elle se trouva mignonne à souhait avec un zeste de sensualité. Pourvu que Pierre soit du même avis !

Elle pêcha quelques billets de banque dans sa cassette personnelle. Pierre allait certainement l'inviter mais, comme il était parfois à court d'argent, il valait mieux prévoir. Si besoin, elle pourrait toujours lui glisser un billet ou deux par-dessous la table afin que son orgueil de mâle ne soit pas ébranlé. Avant de refermer la boîte, elle eut un regard ému.

Au bas de l'escalier, elle s'arrêta. La voiture rouge bouchait le passage et donnait de l'ombre dans le couloir à la manière d'un patio espagnol. Pierre regardait devant lui. Des notes de musique se perdaient dans l'air. Elle resta immobile encore un instant. Le temps de sentir l'amour remonter jusqu'au bord de ses lèvres. Et le désir aussi.

En s'asseyant à côté de Pierre dans la voiture, Maria lut dans son regard qu'elle avait gagné. Merci grand-mère !

III

Édifiée sur les hauteurs de Keridreuff, la maison du juge était l'une de ces bâtisses sans âme que l'on regarde un peu avec étonnement. Landowski eut cette réaction en poussant le portillon de bois ouvrant sur un parc à l'abandon. En foulant l'allée de gravillon où se disputaient des mauvaises herbes audacieuses, il observa du coin de l'œil cette construction austère tenant autant de la malouinière que du carmel gothique. Naturellement, il ressentit une pointe de compassion pour les habitants de cette maison. Quel plaisir pouvait-on avoir à vivre dans un lieu où l'architecture marquait son hostilité au premier abord ? Était-ce un bon moyen pour vivre à l'abri du monde ? Ou était-ce à l'ombre de soi-même ?

En montant les quelques marches du perron, le commissaire traîna les pieds comme un majordome fatigué, un de ceux qui travaillent à l'économie. En fait, il faisait volontairement du bruit pour qu'on l'entende. Question d'expérience !

Il faut parfois s'annoncer avant de sonner. Histoire de donner le temps aux occupants de se recomposer un masque de circonstance avant d'ouvrir la porte au visiteur. Certains sèchent leurs larmes, d'autres se réajustent. Les derniers espèrent. A chacun son intimité et ses fantasmes, ses turpitudes et ses bonheurs. Derrière les murs des maisons, il s'en passe des choses... Il n'est pas indispensable de tout partager avec un inconnu qui passe. Le chemin de Damas n'a rien d'un boulevard.

C'est une femme qui ouvrit lentement la porte comme on écarte celle d'un coffre-fort. Elle était, comme une vestale, vêtue d'une robe longue et droite d'un beige indéfinissable et dont le tissu gommait toutes les courbes de son corps. A croire que, sous cette tunique aussi austère que gréco-romaine, elle était plate comme une limande ! Ses cheveux très noirs, légèrement brillants, et l'absence de sourire sur ses lèvres accentuaient cette impression bizarre que le commissaire avait de débarquer sur un continent perdu dans les brumes du temps et gouverné par des amazones androgynes. Ou par la famille Adams...

A ce moment précis, il eut envie de se tirer à toute vitesse en prétextant une erreur quelconque. Probablement, un afflux d'ondes négatives était en train de le submerger. Avec un peu d'imagination, on peut toujours assimiler la fuite à un accès de courage et transformer la débâcle en repli tactique. L'histoire regorge de ces faiblesses téméraires qui érige des couards contrariés en héros providentiels.

Il en était à ce genre de réflexion fumeuse quand un homme bedonnant fit son apparition au bas du perron. Il portait un gilet bleu marine orné d'un écusson un peu trop voyant. Son pantalon gris perle tombait sur des chaussures façon tennis dépourvues de lacets. Ses bretelles fripaient légèrement sa chemise blanche à la Balzac qui cherchait à reprendre sa liberté. Il tenait un sécateur nickelé dans la main droite. On aurait dit un objet précieux sorti d'un écrin velours.

— Soyez le bienvenu, commissaire Landowski ! dit l'homme d'une voix éraillée par l'abus de tabac et d'alcool. Je suis Louis-Antoine Brousse, juge d'instruction à la retraite. Je vous présente Irène, ma compagne.

La vestale extraite du frigo, c'était donc sa moitié d'orange au magistrat. Il les imaginait en train de jouer à Laurel et Hardy dans leur bunker les jours de pluie. Il ne leur voyait guère d'autre occupation que le scrabble. En cela et sur bien d'autres choses, il se trompait lourdement.

Puis le juge fit un signe engageant en secouant son sécateur comme un indicateur des chemins de fer et le commissaire le rejoignit au bas des marches. Après une poignée de main que celui-ci jugea trop molle, il se laissa entraîner derrière la maison. Il ferma volontairement la marche. Discrètement, il s'essuya la main droite sur son pantalon. Celle du juge était moite.

Brousse posa négligemment sa main sur le bras de Landowski. Ce n'était pas du goût de ce dernier. Il n'aimait pas ces gens qui touchent leurs semblables un peu trop facilement.

Ils s'arrêtèrent un instant. Le magistrat prit un ton de confidence pour dire :

— Irène vous indiquera votre chambre plus tard. Auparavant, j'ai envie de vous montrer mon jardin. Avec votre accord, bien sûr !

L'invité acquiesça d'un léger signe de tête. Il avait

bien compris que le magistrat souhaitait un tête-à-tête plus discret. Apparemment, il voulait lui dire certaines choses sans que quiconque puisse les entendre. Vu qu'ils n'étaient que trois personnes dans le coin, le policier supposa naturellement que le juge faisait des cachotteries à sa compagne.

Dans le prolongement du garage, on débouchait dans une sorte d'enclos protégé par des murs élevés, semblables à ceux d'un monastère.

Au-delà du fouillis savamment orchestré de plantes et de fleurs mêlées, des espaliers serrés témoignaient d'une activité passée mais les arbres fruitiers avaient disparu. Au centre du rectangle, une dizaine de solides camélias occupait un espace délimité par des buis taillés en boules comme dans les jardins à la française. Des fleurs pourrissaient sur la terre sombre. Plus loin, des rhododendrons aux pieds chaussés de terre de bruyère disputaient l'espace à deux lilas élancés comme des top models anémiés qui cherchaient le soleil pour leurs fleurs immaculées. Dans un angle, une cabane de jardin construite en briques Vaugirard et couverte de tuiles anciennes était masquée par une glycine envahissante. Dans l'autre, on avait organisé un coin propice à la méditation avec un faux puits et un banc de pierre. Romantique à souhait. Factice aussi. Comme toute cette histoire…

Le juge croisa les bras comme un instituteur revêche mais consciencieux qui va tancer un cancre indolent devant une classe hilare.

Il eut un rictus presque douloureux avant d'accoucher d'une phrase d'une banalité affligeante.

— C'est tranquille ici… vous ne trouvez pas ?

Banale ? Peut-être pas tant que cela. Sa phrase, il venait de la balancer comme une bouteille à la mer en cherchant l'air en plein parcours comme un baleineau asthmatique. Un instant, on aurait dit qu'il n'avait plus d'autre refuge que cet espace de verdure et que les méchants campaient au-delà du mur d'enceinte, engoncés dans leurs armures avant de sonner l'assaut définitif. Landowski sentit percer une sorte d'appel de détresse. Bien joué Callaghan !

En prenant son temps, il s'assit sur la margelle du faux puits. Il en avait vu des vieux flics expérimentés procéder ainsi avant de bousculer des témoins avec des phrases assassines ! Il faisait comme eux. Il avait bien envie d'en avoir le cœur net. Du moins d'essayer. Il ne savait rien du bourbier dans lequel il allait s'enfoncer.

Il se mit à jouer sa partition en énervé majeur.

— Monsieur Brousse, excusez-moi mais je n'ai pas un goût immodéré pour les jardins de curé ni pour les promenades à la campagne. Moi, je suis un pur aficionado des banlieues. Je me trouve plus à l'aise entre béton et acier. L'univers des putes à la petite semaine et des malfrats minables, ça me titille. Les pointeurs récidivistes et les braqueurs chevronnés, ça me branche. Dites-moi exactement la raison de ma présence ici !

Le juge s'approcha, les pouces passés dans ses bretelles colorées à la manière d'un bougnat prospère. Il baissa légèrement la tête comme s'il avait envie de faire allégeance à un suzerain puis il laissa tomber :

— Mon courrier était assez explicite. Enfin, je crois…

Landowski acquiesça :

— Il l'était. C'est pourquoi je m'interroge…

Le juge l'interrompit :

— Si je vous ai entraîné dans le jardin, c'est pour épargner tout ça à Irène. Vous saisissez ?

— J'ai bien compris votre désir d'aparté mais cela ne suffit pas comme explication. Si vous voulez que j'y comprenne quelque chose, il va bien falloir me montrer cette lettre anonyme…

— Je préfère qu'on en parle un peu ici.

Entouré de ses arbres et de ses fleurs, il se sentait en sécurité, l'ancien juge. Landowski sentait venir la démangeaison comme une piqûre de moustique mais il ne voulut pas jouer au flic exigeant. Il abdiqua de bonne grâce en lançant :

— Comme vous voulez !

Le juge croisa nerveusement les mains avant d'expliquer :

— Commissaire, prenons les choses par le début. Il y a un mois environ, j'ai reçu une lettre anonyme.

— Elle est venue par le courrier, cette lettre ?

— Parfaitement ! Je l'ai trouvée dans ma boîte au-dessus des prospectus habituels. C'était un lundi.

— Comment avez-vous réagi sur le moment ?

— Je vais peut-être vous étonner mais je n'ai pas franchement été surpris.

— Pourquoi ?

— Parce que j'en ai reçu des tas de ces torchons malsains quand j'étais en activité. Tout le monde accusait tout le monde et les pires vilenies étaient tartinées à longueur de page. Pire que dans les romans ! De quoi vomir, Commissaire. Mais vous savez bien de quoi je parle ! De votre côté, vous en recevez aussi de ces brûlots arrogants…

— Qu'est-ce qu'elle disait cette lettre ? coupa Landowski.

Le juge leva les yeux vers les fenêtres de la maison. Le flic suivit un instant ce regard apparemment rempli d'inquiétude et il eut juste le temps d'apercevoir une silhouette. Celle-ci s'escamota rapidement comme une cible de tir forain. Le juge caressa sa courte barbe à la Jean Yanne puis il s'approcha encore un peu jusqu'à s'asseoir sur le banc de pierre. Réellement, il s'y laissa tomber.

Il prit son temps avant de répondre :

— L'auteur de cette missive rappelle une vieille affaire…

— Que vous avez eu à instruire ?

Il s'en offusqua comme une vieille rombière endimanchée à qui on prend son tour à la pâtisserie.

— Même pas ! dit-il d'un air hautain.

— Quel est donc le rapport avec vous ?

— Je n'en sais rien exactement. Le lien doit être très vague, probablement. Mais j'ai pu oublier aussi. Enfin, vous saurez le découvrir. Vous savez bien, quand on veut impliquer quelqu'un dans une affaire, on utilise parfois des raccourcis qui se passent d'historique et sont tirés par les cheveux. Je suis sûr que vous-même avez utilisé ce genre de ficelle dans votre carrière, Commissaire !

Celui-ci n'eut pas envie de rentrer dans son jeu en répondant à cela. La cuisine interne des commissariats n'intéresse que les flics. Surtout pas un juge, même à la retraite ! La justice et la police ne jouent pas dans la même cour. On le sait bien.

Le juge perçut tout de suite la résistance de son interlocuteur. Landowski a tendance à se raidir quand il sent venir le coup fourré. Question d'expérience plus que de jeunesse envolée. Il ne s'en cache pas, il l'utilise. Le magistrat avait déjà commencé à jouer au chat et à la souris à ce moment-là. Cela n'avait pas échappé au flic d'expérience.

D'un ton volontairement professionnel, il demanda :

— C'est quoi votre affaire au juste ?

Louis-Antoine Brousse fit la moue avant de répondre :

— Il s'agit d'une jeune femme. Moins de trente ans. Belle comme un cœur. Épanouie, amoureuse. Elle a été retrouvée noyée dans le Goyen, le cours d'eau qui coule en contrebas de Pont-Croix. C'était un dimanche. Au petit jour.

— Dans quelles circonstances est-ce arrivé ?

— On n'en sait pas grand-chose. La jeune femme a passé la soirée avec l'homme qu'elle fréquentait depuis quelque temps. Ils ont pris l'apéritif en terrasse. Ils ont dîné dans un restaurant. Ils ne sont même pas allés danser. Ils devaient avoir des choses plus urgentes à faire.

D'un air de connivence, il cligna de l'œil gauche en disant :

— On peut les comprendre, hein !

Landowski choisit de rester impassible. Il ne voulait pas rentrer dans ce jeu de dupes. Regrettant ce manque de réaction, le juge soupira avant de continuer sa narration d'une voix monocorde. On aurait dit la lecture d'un acte d'accusation. Mais qui accusait-on réellement ?

— Puis ils sont rentrés. Sur le chemin du retour, ils ont eu un accident de la route. Ils ont percuté une autre voiture. Ou l'inverse… Dans l'accident, son compagnon a été tué. D'une manière horrible, je dois dire. La jeune femme a ensuite abandonné la voiture. Elle a fait deux cents mètres jusqu'au croisement. A cet endroit, la rivière passe sous un petit pont. On a retrouvé son corps à fleur d'eau. Il était coincé par une grosse branche.

— Noyade accidentelle ?

— C'est ce que les enquêteurs ont retenu. Faute de mieux. En cherchant du secours dans la nuit, elle est tombée à l'eau et elle s'est noyée.

— A moins qu'elle ne s'y soit jetée elle-même ! Est-ce que vous avez abordé la question du suicide ?

Il se rattrapa superbement, le bougre.

— Je n'étais pas en charge de cette affaire, Commissaire, je vous le rappelle. J'ai su par la suite que l'hypothèse du suicide avait été examinée.

— Et rejetée ?

— Faute d'éléments probants. La jeune femme n'avait pas laissé de lettre chez elle pour expliquer son geste et il n'y avait rien dans sa vie qui puisse la conduire à une telle extrémité.

— A ce stade de l'enquête, il n'était question que d'accident. C'est bien ça que vous voulez dire ?

— Absolument. Surtout que les genoux de la victime étaient écorchés, blessés même.

— Elle aurait pu se faire ça dans l'accident de la route, non ?

— Il n'y avait pas de traces de son sang dans la voiture.

Landowski se releva prestement et il vint se placer bien en face du juge. Histoire de lui balancer sa vision des faits entre quatre yeux :

— Mais dans la voiture, il y avait son compagnon mort. Voilà un bon motif pour se mettre en l'air ! Cette jeune femme vient de passer une bonne soirée avec son copain. L'accident ôte la vie à celui qu'elle aime, à l'homme qui vient de lui faire l'amour. Elle est groggy. Désemparée, elle erre jusqu'au petit matin. Elle voit la rivière. Désespérée, elle s'y jette.

Le juge le regarda intensément. Il plissa les yeux comme un batracien qui somnole à deux pas du marigot dont il est le maître incontesté. Ensuite, il le questionna :

— Commissaire, pourquoi vous accrochez-vous désespérément à cette idée de suicide ?

— Pour trouver une autre explication à ce drame ! Tout simplement. Si on fait pencher du côté de cette solution-là, vous aurez la paix. On classera l'affaire et votre correspondant anonyme vous laissera définitivement tranquille.

L'œil redevenu vif, le juge le regarda encore et il lui fit un aveu :

— Mais elle est déjà classée cette affaire !

Du tac au tac, le flic rétorqua :

— Pour une fois que ça va vite, il faut s'en féliciter !

— Commissaire Landowski, il est temps que je vous dise quelque chose.

Grand seigneur, Landowski l'encouragea :

— Allez-y donc, je vous écoute !

Il prit son temps, le petit juge. Il était sûr de son effet. D'une voix doucereuse mais distincte, il dit :

— La petite, il y a vingt ans qu'elle est morte !

Échec et mat.

IV

Maria allongea le bras pour récupérer sa petite culotte blanche. Faire l'amour dans une petite voiture comme celle-là, ce n'était pas très confortable. Ils avaient été obligés de se contorsionner un peu pour trouver des positions permettant à chacun de se sentir à l'aise. Mais une fois que les choses avaient été en cours, tout cela n'avait plus eu d'importance. Et ils s'étaient merveilleusement accompagnés.

Alors qu'ils roulaient lentement dans la nuit, Maria avait posé sa main sur la cuisse de Pierre. Elle avait écarté les doigts en accentuant la pression sur le tissu. Un signal et non pas une invitation. Elle avait bien réfléchi. Elle voulait des jours avec lendemains. Pas question de se lancer à corps perdu dans une débauche de sentiments qu'elle regretterait amèrement. Elle en avait assez de ces rencontres éphémères qui ne débouchaient jamais sur rien.

Pierre avait été très caressant depuis la fin du repas mais Maria espérait davantage et, si elle n'indiquait pas qu'elle était prête, ce serait trop tard. Ils allaient arriver dans la rue. Pierre lui-même en serait déçu. Elle avait un mauvais pressentiment. Elle avait peur que leurs routes se séparent. Et franchement, elle n'avait pas envie de ça !

Le conducteur avait compris le message. Il avait alors cherché un endroit à l'écart de la route pour s'arrêter en toute tranquillité. Il avait obliqué dans un chemin creux où les arbres formaient une sorte de voûte naturelle. Il avait coupé le moteur et éteint les phares. La voiture avait fait quelques mètres sur son erre avant de s'immobiliser. Presque silencieusement, les deux amoureux avaient pris leur temps pour consommer leur part de rêve tandis que la nuit cheminait vers le jour. Puis, un peu à contrecœur, ils s'étaient résignés à repartir. Chacun devait rentrer dormir de son côté. Même si, à ce moment précis, ce n'est pas ce qu'ils souhaitaient, c'était ainsi.

La voiture avançait lentement pour ne pas briser le charme. Pour tout dire, ils musardaient pour rester ensemble plus longtemps. Cette séparation habituelle, ils n'en voulaient plus. Ils ne parlaient pas. Chacun avait de l'autre le souvenir tout chaud des lèvres et des mains se cherchant dans le noir. Les vêtements que l'on quitte fébrilement avant l'étreinte qui sublime tout.

Maria s'était rapprochée de Pierre puis elle avait posé sa tête sur sa cuisse droite comme pour se reposer. Il avait glissé sa main dans l'ouverture généreuse du corsage et Maria avait souri en pensant très fort à sa grand-mère.

Elle ne vit pas la voiture qui venait en face. Celle-ci était en feux de croisement et il n'y avait qu'un seul phare allumé, celui de droite. Comme un gros œil de cyclope. Elle s'approchait dangereusement en zigzaguant. Pierre enleva sa main au dernier moment. De la pulpe de ses doigts, il effleura le pendentif avant de serrer nerveusement le volant.

Le bruit fut effroyable. La voiture inconnue glissa le long du flanc gauche de la Renault rouge dans un grincement métallique insupportable. La voiture du jeune couple fit une embardée brutale vers la droite et s'en alla mordre généreusement la berme rendue grasse par les pluies incessantes des derniers mois. Le véhicule glissa et partit en crabe avant de se rétablir, une fois l'adhérence retrouvée.

Le répit fut de très courte durée. L'avant de la voiture se mit à flotter comme si la direction avait pris un sérieux coup. Le moteur placé à l'arrière compliquait les choses. Son poids manquait cruellement sous le capot avant et ce n'était pas la trousse à outils pour mécanicien du dimanche qui pouvait compenser cela avantageusement.

Le véhicule, incontrôlable, arasa quelques buissons avant de frotter un tronc d'arbre qui le repoussa encore plus sur la droite. Sur cette portion de route, le bas-côté faisait le dos rond avant de plonger vers la prairie située en contrebas.

La voiture perdit de la vitesse avant de basculer dans la pente à la manière de ces trains qui déraillent au cinéma.

Puis elle roula comme une boîte de conserve un peu folle, écrasant la végétation sur son passage. Elle brisa quelques arbustes avant de s'arrêter au bas de la déclivité. Elle hésita un instant, comme un métronome lent, puis le roulis s'interrompit pour laisser place à un silence étrange et inquiétant.

Maria s'essuya les yeux. Elle croyait avoir pleuré. Peut-être que la soudaineté et la violence de l'accident avaient provoqué chez elle un afflux de larmes. Elle ne savait pas encore combien elle allait en avoir besoin dans les heures à venir.

Le choc l'avait confiné sous le tableau de bord à l'endroit habituellement réservé aux jambes du passager avant. Elle parvint à s'extraire de ce logement exigu qui lui avait probablement sauvé la vie. Sans ressentir une véritable douleur dans un endroit précis de son corps, elle avait mal partout. C'était plutôt diffus et sournois comme si elle avait été battue comme une gâchée de plâtre. Et surtout, elle avait momentanément perdu ses repères.

Quand la voiture avait basculé dans le ravin, elle avait encore la joue sur le tissu du pantalon de Pierre. Elle n'avait rien compris du saut dans l'inconnu qu'elle était en train de faire. Faute d'avoir une vision de la route et des événements qui étaient en train de se produire, elle avait vécu cette descente aux enfers dans l'incertitude la plus totale. Elle ne savait pas ce qu'elle était en train de subir. Elle ne savait rien des terribles conséquences qui lui étaient réservées.

*« O temps, suspends ton vol… »**

En soufflant comme une asthmatique en crise, elle parvint à pousser la portière vers l'extérieur. Dans le choc, celle-ci avait dû s'ouvrir puis retomber sur son cadre sans se bloquer.

En avançant sur les fesses comme un enfant qui ne

**Le Lac* - Méditations poétiques - Alphonse de Lamartine - 1820.

sait pas marcher, elle réussit à s'approcher du montant de la portière. La voiture accompagna le mouvement en basculant sur sa droite. Ce qui eut comme résultat de mettre ses pieds en contact avec un sol meuble et humide. En s'aidant du bord du siège, elle releva le buste puis elle se mit debout. Alors, elle put constater l'ampleur des dégâts.

La jolie voiture que Pierre bichonnait soigneusement était avachie sur son avant comme un crustacé trop cuit. La couleur rouge disparaissait sous des croûtes de terre et de feuilles mêlées. Le pare-brise avait explosé. Les phares éclairaient des branchages et les ombres allongées des arbres torturés ajoutaient à l'étrangeté du tableau.

Maria eut un cri du cœur :

— Pierre, dis-moi quelque chose ! implora-t-elle.

Elle tenta de faire le tour de la voiture. Elle brisa quelques branches afin d'accéder plus rapidement. Elle trébucha même avant de s'étaler brutalement dans les feuilles mortes gorgées des pluies de printemps. Dans ces endroits ombragés, l'humidité persiste pendant des mois.

Quand elle releva la tête vers la voiture, son sang se glaça. Pierre était mort à la manière du roi Henri II. Une grosse branche brisée en son extrémité avait pénétré dans son crâne au niveau de l'œil gauche provoquant une mort encéphalique instantanée.

Maria sentit la douleur l'envahir avec une violence inouïe. Elle prenait la forme d'un coup de tonnerre roulant sa boule de feu à l'intérieur de son corps comme s'il était devenu une enveloppe vide. Elle enfonça son visage dans l'humus et elle mordit la terre de sa bouche grande ouverte. Elle avait mal de cette souffrance incompréhensible et injuste. Elle aussi voulait mourir. Tout à coup, elle entendit une voix féminine demander :

— Il y a quelqu'un ?

Le pinceau lumineux d'une lampe-torche passa sur son visage sali. Puis une autre voix annonça :

— Il y a un macchab' dans la voiture. Y faut s'tirer en vitesse !

La première voix ajouta :

— Je suis sûre qu'ils étaient deux !

Une autre répondit :

— Madame imagine des trucs que les autres ne voient pas !

— Écrase, tu veux ! Tu es bourré comme un coin. Tu ne sais même plus ce que tu dis. Tu ne sais pas ce que tu as fait.

— Et j'ai fait quoi à ton avis ?

— Tu viens de tuer un homme !

Maria entendit des sanglots puis la protestation d'une voix qui ne s'était pas exprimée jusqu'alors :

— T'es conne ou quoi ! Ce n'est pas lui tout seul. Nous sommes tous responsables. En attendant, il faut sortir la femme de là.

Dans la lueur de la lampe, Maria vit des semelles au ras de son visage puis elle se sentit soulevée comme un poids mort. On la porta vers la route. L'homme qui venait de l'extraire du sous-bois l'adossa au tronc d'un gros chêne. Avec sa jupe retroussée sur ses jambes écartées, elle avait l'air d'un pantin désarticulé. La pâleur de sa peau dans cet éclairage lunaire la faisait ressembler à une poupée géante en celluloïd.

Quelqu'un braqua la lampe sur elle et la lumière jaune l'aveugla.

— Vous allez bien ? lui demanda-t-on.

Elle répondit par un vague signe de tête.

— On va vous transporter chez un médecin.

— T'es pas fou ? réagit une autre voix. Tu oublies l'accident et le mec dans la bagnole ? Avec ce qu'on a éclusé, on va prendre un max !

Quelqu'un dit :

— D'accord. On peut essayer autre chose.

— Mais quoi donc, pauv' pomme ? On est dans la merde jusqu'au cou !

— Elle va bien comprendre la situation. Nous sommes désolés pour ce qui s'est passé. C'est un accident. Rien ne peut plus faire revenir son ami. On va s'arranger quoi !

Maria n'entendit pas la suite. Les inconnus s'étaient éloignés pour parlementer. Au bout de quelques minutes, ils revinrent vers elle. Cette fois, elle s'était péniblement relevée et elle leur faisait face. Ils en furent un peu surpris.

— Vous vous sentez mieux ? demanda une ombre.

Maria ne répondit pas. La voix continua :

— Nous voulons nous excuser pour ce qui s'est passé. C'est un accident. Un malheureux accident. Vous êtes indemne, c'est le principal.

L'inconnu se tut un instant. Il avait à franchir le pas. Il fallait s'armer de courage. Il reprit :

— Nous avons un marché à vous proposer. Nous ne voulons pas que les gendarmes viennent ici. On a fait la fête toute la nuit et on a beaucoup bu. Nous allons repartir en ville et téléphoner aux pompiers. Vous direz que c'est un accident et que vous ne vous souvenez de rien. Nous paierons tous les frais et quand tout cela sera un peu oublié, disons dans deux ou trois mois, nous vous verserons une coquette somme en dédommagement. Est-ce que vous êtes d'accord ?

Maria hocha la tête dans le cercle de lumière jaunâtre, juste avant que l'on éteigne la lampe. Le groupe s'éloigna de quelques mètres. Elle les voyait dans la pénombre d'une nuit qui n'était plus aussi noire que les événements.

— Elle accepte, elle accepte ! jubila une voix.

Juste après, il y eut un bruit de pas.

— Merde, elle fout l'camp ! cria une autre voix.

Maria avait rejoint la route et elle s'était mise à courir.

V

Irène était sortie. Ils l'avaient vue marcher vers la grille. Raide comme la justice. Le magistrat entraîna le commissaire vers son bureau. Pour y parvenir, il fallait suivre un couloir sombre où les murs étaient recouverts de bois verni. On aurait dit un passage secret à la mode royale. Une réminiscence du château de Versailles où les boudoirs discrets et les pièces sans fenêtres abritaient les passions illégitimes, les amours ancillaires et les coupables compromissions.

Chez le juge Brousse, il n'y avait que le couloir qui laissait présager ce genre de découverte. Et le policier en fut pour ses frais. Contre toute attente, le bureau du magistrat à la retraite occupait une sorte de rotonde donnant sur la baie d'Audierne. Au lieu d'être une soupente d'alchimiste raté, il était clair et spacieux. Toutefois, il y avait un certain décorum comme si l'occupant des lieux jouait à la Justice pendant ses heures de loisirs.

Il pria son invité de s'asseoir dans un fauteuil un peu spartiate tandis que lui-même s'installait dans le sien qui ressemblait à un trône. Landowski pigea immédiatement qu'il n'était pas placé en position de force. Ce n'était pas un hasard. Le juge aimait les jeux de stratégie. Le commissaire, itou !

A la manière d'un officier ministériel, le maître des lieux poussa sur la table un document déplié qui était facilement identifiable. Il s'agissait de la lettre anonyme qu'il avait reçue un mois plus tôt. Le policier saisit la feuille de papier et la déplia délicatement comme une fragile carte au trésor.

Le texte était très court. Il le lut à haute voix :

— Il y a bientôt vingt ans, Maria B. est morte. La justice n'a rien fait. Reprenez l'enquête sans délai et trouvez vite. Sinon votre tour viendra bientôt.

Le propre même d'une lettre anonyme, composée de caractères d'imprimerie découpés dans un quotidien quelconque, c'est la concision. Quand celle-ci est manuscrite, son auteur se répand facilement sur plusieurs pages et son fiel dégouline de paragraphe en paragraphe. Ce n'est pas du tout le même exercice quand il faut prélever les lettres et les mots dans un journal local. Il faut repérer, choisir, découper, assembler et coller. C'est tout un travail. Le plus souvent, l'anonyme se contente alors de phrases courtes et d'injonctions précises. Il va à l'essentiel. Pas fou !

C'était le cas dans la lettre que le juge Brousse avait reçue. On y faisait référence à l'anniversaire d'une disparition puis on fustigeait l'incapacité de la justice avant de réclamer une intervention efficace et on terminait par une menace précise. Rien de plus classique.

Non, ce qui était plus curieux c'était de placer le juge dans une sorte de liste. Il y avait eu Maria B. d'abord. Il y aurait le juge Brousse ensuite. Il n'était plus question de suicide ou d'accident.

La lettre ouvrait un autre registre. Elle parlait bel et bien de meurtres. Landowski regarda son hôte avec insistance avant de dire :

— Monsieur le juge, cette lettre dit implicitement que Maria B. a été assassinée. Vous l'aviez remarqué ?

Le petit homme bedonnant hocha la tête à la manière d'un prélat entendant en confession une kyrielle de péchés véniels. Après une inspiration profonde et sonore, il répondit :

— Le texte, court par ailleurs, est assez subtil. Nous avons certainement affaire à quelqu'un d'intelligent. Effectivement, j'ai remarqué que mon sort pouvait devenir semblable à celui de cette pauvre Maria. J'ai fait la même déduction que vous. Cette lettre indique bien qu'il s'agit d'un meurtre. Je n'ai pas de doute là-dessus !

— Est-ce que les enquêteurs avaient envisagé cette hypothèse au moment des faits ?

— Certes, Commissaire. Je me souviens d'avoir lu des notes qui proposaient cette piste.

— Sur quels indices s'appuyaient-ils ?

— D'abord sur le fait même de l'accident. Le choc avait dû être assez violent pour faire stopper la seconde voiture. On a pu imaginer que le conducteur en soit descendu pour constater les dégâts. Il n'a pas pu passer à côté de l'homme mort dans la voiture, à moins de prendre la fuite immédiatement. Mais, s'il est resté sur les lieux, la gravité des faits n'a pas pu lui échapper.

— Avez-vous noté autre chose ?

C'était un monde quand même ! Voilà une affaire où il y avait eu mort d'homme, délit de fuite, puis un autre cadavre et cela n'avait pas suffi pour provoquer la mise en œuvre de tous les moyens dans le but de confondre les auteurs. Le fait d'afférer cet accident aux statistiques du samedi soir avait suffi à banaliser les faits et réduit les investigations comme peau de chagrin. Et la voiture des victimes était partie à la casse sans intéresser le moindre fonctionnaire de police... Il faut toujours se méfier des conclusions hâtives. Dans cette affaire, les limiers s'étaient endormis au premier bâillement. Et ne s'étaient plus réveillés !

Malgré sa déception évidente, Landowski relança la conversation :

— Comment en êtes-vous venus à opter finalement pour une noyade accidentelle ?

— Ils ont supposé que les choses s'étaient passées en deux temps. D'abord, l'accident de voiture lui-même. Quand il survient, tout le monde est surpris. Le conducteur est tué. La jeune femme est sonnée. Le chauffard disparaît. Plus tard, Maria émerge. Elle constate le décès de son ami. Elle part vers Pont-Croix dans le noir. Elle arrive au petit pont.

— Et là, que se passe-t-il ?

— Compte tenu des circonstances, il fallait bien choisir une hypothèse. Celle du crime flottait dans l'air mais rien ne venait l'étayer solidement. Il ne servait donc à rien de l'évoquer. Celle du suicide paraissait plausible également mais, socialement, on ne pouvait pas la retenir. Donc la gendarmerie a choisi de donner sa version qui est devenue officielle.

— Et c'était quoi cette vérité ?

— Maria B. est tombée accidentellement dans la rivière. Elle n'a pas pu se sortir de ce mauvais pas à cause du choc provoqué par l'accident et elle s'est noyée. Point final.

— Les familles ont accepté cette lecture des faits ?

— Il a bien fallu ! Il était plus que temps d'annoncer les obsèques dans le journal.

— Personne d'autre n'a cherché à comprendre ce qui avait pu se passer entre l'accident et la noyade ?

Le juge le regarda étrangement.

— Si, moi !

— Vous n'étiez pas en charge de cette affaire, m'avez-vous dit…

— J'ai récupéré le dossier.

Tout à coup, le policier sentit un courant d'air passer dans son dos. Ce n'était pas une subite montée d'adrénaline. Il se retourna vivement. La porte du bureau était entrouverte. Ils entendirent des bruits de pas qui s'éloignaient discrètement.

Le juge se mordit la lèvre inférieure. Jusqu'au sang. D'une voix mal assurée, il dit :

— Merde ! Irène.

VI

Maria avait les poumons en feu. Elle courait droit devant elle. Elle venait de reconnaître la portion de route. Elle savait qu'elle n'avait pas pris la bonne direction. Dans son désarroi bien compréhensible, elle n'avait pas fait le bon choix. C'est vrai aussi qu'elle n'avait pas forcément d'autre alternative.

Quand cet homme lui avait proposé de l'argent pour effacer la disparition brutale de Pierre, elle avait eu envie de se jeter sur lui pour lui enfoncer ses mots dans la gorge d'une manière définitive. Elle n'avait pas bougé un cil mais ce n'était qu'une manifestation de son instinct de conservation. S'ils proposaient ainsi d'acheter son silence, c'était qu'ils étaient prêts à la faire taire. De toutes les manières.

Ils n'étaient peut-être pas tous d'accord sur l'impérieuse nécessité d'éliminer le seul témoin de leur crime mais, dans la voix de celui qui avait tenté de négocier un marché, elle avait perçu une réelle détermination. Elle avait été certaine qu'il ne s'en tiendrait pas là.

Quand ils s'étaient regroupés afin de se gargariser de leur victoire, elle s'était jetée à corps perdu dans une course folle. Pour aller en direction de Pont-Croix, elle aurait été obligée de les frôler. Elle avait choisi de ne pas prendre le risque d'être interceptée. Sa fuite rompait le fragile accord. Elle induisait un traitement plus radical. A elle de réussir le break !

Elle savait parfaitement qu'elle devait quitter la route au plus vite. Depuis l'accident, pas une voiture n'était passée sur cette portion d'asphalte. Son salut ne viendrait donc pas de là. Par contre, en traversant les champs et les bois, elle pouvait revenir vers le petit pont puis rejoindre Pont-Croix. Elle avait choisi d'essayer ça. Le clair de lune allait l'aider dans sa tentative.

Elle passa le talus puis elle dévala vers le champ en contrebas. Elle avait mal apprécié la pente à cause de l'obscurité. Elle perdit pied et roula dans les grandes herbes sans se faire mal. Heureusement. Elle avait besoin de toutes ses forces pour réussir à se sortir de leurs griffes. Dès qu'ils auraient compris l'enjeu, ils allaient la poursuivre et tout faire pour la rattraper. Et s'ils y parvenaient…

Elle se releva très vite. Elle aperçut l'éclat de leur torche fouillant les fourrés au bord de la route. Ils devaient penser qu'elle se cachait espérant arrêter une voiture. Elle prit un chemin qui semblait mener à des parcelles enclavées. Pendant quelques minutes de marche forcée, elle s'éloigna rapidement du lieu de l'accident. Quand elle se retournait de temps en temps, elle ne voyait derrière elle que l'ombre rassurante de la nuit.

Le chemin s'arrêta à l'orée d'un champ d'herbe rase. L'espace étant dégagé, il y avait davantage de luminosité. Donc plus de risque. Elle se mit à longer le talus. Un demi-périmètre serait plus long que la diagonale. Tant pis, si la liberté était à ce prix ! Une fois de l'autre côté, elle scruta le paysage pour voir si ses poursuivants avaient retrouvé sa trace. Elle fut rassurée de n'entendre que le silence et sa respiration oppressée. Elle s'engagea dans un sous-bois vallonné. Elle marcha pendant un long moment. Régulièrement, elle trébuchait sur des racines. Les branches des arbres gênaient sa progression. Elle ne pouvait pas s'orienter dans ce fouillis de végétation. Elle espérait ne pas avoir trop dévié de la route qu'elle s'était fixée. Elle savait où elle allait.

Quand elle eut fini de remonter l'autre pente du vallon, elle obliqua sur la droite. Au bout de cent mètres, elle retrouva un chemin de terre. Elle leva les yeux. Sous la faible clarté de la lune, elle aperçut deux toits, l'un d'ardoise et l'autre de chaume, posés sur des murs chaulés. Elle sourit.

En quelques enjambées rapides, Maria atteignit la petite ferme. Énergiquement, elle secoua la porte d'entrée. Comme personne ne répondait, elle frappa aux carreaux des fenêtres un à un, comme si elle voulait en apprécier la solidité. Rien que du silence en retour.

Sa gorge se noua. La ferme était vide. Probablement même abandonnée. L'espoir d'une main secourable qui ouvre enfin la porte s'envola comme la fumée d'un cierge que l'on éteint après l'office.

*Ite, missa est.**

---

*Allez, la messe est dite.

Maria essaya la porte de la grange. Celle-ci résista à peine et céda en grinçant. Elle entra dans la pénombre. Il lui fallait un outil. Elle tâtonna contre le mur avant de trouver une sorte de table bancale où s'entassaient des ustensiles qu'elle devinait plutôt qu'elle ne les identifiait. Au toucher, elle sentait le métal des objets et c'est ainsi qu'elle mit la main sur une sorte d'herminette qu'elle se hâta de saisir par le manche.

Une fois dehors, elle se demanda ce qu'elle allait pouvoir en faire. Son idée était de pénétrer dans la maison mais elle répugnait à dégrader les lieux. C'est ce qu'elle fit cependant. Elle cassa un carreau de la porte d'entrée. Elle glissa la main dans l'ouverture, espérant qu'il n'y avait qu'un simple loquet pour la bloquer de l'intérieur. En touchant la solide serrure, elle comprit qu'elle n'était pas au bout de ses peines. En veillant à ne pas faire trop de bruit, elle cassa un autre carreau puis elle appuya fortement sur les petits bois de séparation en s'aidant de l'herminette comme d'un poussoir. Par chance, l'âge de la menuiserie lui fut d'un grand secours. Il y eut un craquement puis la partie vitrée de la porte céda assez facilement. Une fois le champ dégagé, Maria enjamba la partie basse et elle pénétra dans la maison.

C'était une pièce unique organisée autour d'une grande cheminée de pierre. Des meubles vieillots, autant qu'elle pouvait en juger, garnissaient les murs. Au centre, trônaient une table et des chaises. Sur le buffet, quelques papiers étaient bien rangés à côté d'un téléphone. Maria se rua sur l'appareil. Elle décrocha le combiné et composa en même temps un numéro d'une main fébrile. A son oreille, il n'y eut que le cliquetis des touches. Pas la moindre tonalité rassurante. Elle retourna vers la table. Elle s'assit lourdement sur une chaise poussiéreuse. Sa déception était immense. Cette ferme, elle l'avait espérée durant tout ce temps passé dans le noir à se faire agresser par les branchages hostiles. Elle savait qu'elle existait. Elle savait qu'elle était de l'autre côté du vallon. Elle s'attendait à y trouver une vieille femme ridée qui lui donnait des bonbons quand elle s'aventurait dans cette direction aux beaux jours. Elle s'attendait à y trouver un sourire, deux ou trois mots de breton mêlés au français, un verre d'eau et surtout, un téléphone. Au lieu de cela, il n'y avait que solitude et désolation. Forcément, à y réfléchir, cette femme en noir, courbée par le poids des fagots et par les travaux des champs, n'était pas éternelle. Quand, adolescente, Maria venait lui rendre visite, elle accusait déjà le poids des ans. Elle aussi, elle avait dû mourir dans l'indifférence générale et être portée en terre par quelques rares connaissances. Maria n'en avait rien su. Les jeunes ne lisent pas les avis mortuaires.

A l'été, les descendants viendraient à la ferme. Ils se disputeraient les meubles bretons et les quelques faïences de Quimper avant de s'attendrir, peut-être, devant deux ou trois photos jaunies s'échappant d'une boîte de métal imprimé. Quelques jours plus tard, ils se dépêcheraient de mettre en vente maison et lopin de terre avant de repartir vers le tumulte rassurant de la grande ville.

Maria caressa le bord de la table. Elle se souvenait

de ce bol blanc et bleu que la vieille femme posait devant elle. Elle versait du lait chaud sur du chocolat en poudre puisé dans une boîte jaune et elle lui ordonnait de touiller le mélange. Elle se souvenait aussi de ce petit blond boutonneux qui cherchait toujours à l'embrasser sur la bouche dès que la vieille dame avait le dos tourné. Elle se souvenait enfin de ses premiers émois, de sa première fois si simple et si douce et des amours qui avaient suivi avec plus ou moins de bonheur. Le dernier venait de la ramener à la case-départ.

Elle pleura amèrement.

Après quelques minutes cruelles concédées à la souffrance, elle se décida à partir. Rien ici ne pourrait la tirer de ce mauvais pas. Une fois dans la cour, elle regarda les dégâts qu'elle avait été contrainte de faire pour tenter de se sauver. Elle se promit de revenir une fois l'affaire réglée pour payer les réparations. Puis elle reprit le chemin qui allait la ramener vers la route de Mahalon, un bourg situé à cinq kilomètres. Elle patienta de longues minutes au bord de la chaussée. Elle resta en retrait pour ne pas être vue mais elle était prête à se jeter devant le premier véhicule allant vers Pont-Croix. Il n'en vint pas. Par contre, elle entendit une voiture qui venait dans l'autre sens. Tant pis. Elle se mit résolument au milieu de la route, les bras en croix. Quand le véhicule entra dans son champ de vision, elle hurla. Il n'avait qu'un feu de croisement allumé. Celui de droite.

Elle se mit à courir comme une folle. Le véhicule sombre la croisa avant de freiner brutalement. Maria allongea sa foulée et disparut dans le virage. Tout à coup, elle eut une bouffée d'espoir. C'est vrai qu'il y avait là, plus loin sur sa gauche, une maison au bord de la route. La grille restait toujours ouverte. La végétation l'avait figée dans cette position depuis des lustres. Cette maison était occupée. Elle en était certaine. Ces jours derniers, elle y avait vu des voitures et des gens. Hier…

Elle accéléra. Les autres allaient faire demi-tour et débouler sur ses talons comme une meute en plein travail. En passant, elle saisit la grille de la main pour changer de direction et elle gravit les quelques marches du perron. Manquant la dernière, elle tomba à genoux puis elle perdit l'équilibre et elle s'étala sur les dalles de pierre. Elle se releva vite. En portant la main à son cou, elle constata qu'elle avait perdu sa chaîne et le camée qui y était suspendu. Elle tâtonna fébrilement mais elle ne retrouva pas le bijou. Elle abandonna ses recherches. L'essentiel n'était pas là. Elle tambourina à la porte.

Elle crut entendre marcher à l'intérieur de la maison. Elle insista encore, secouant la porte comme si elle voulait la forcer. En faisant silence, elle entendit des bruits de pas puis une respiration saccadée. En se retournant vers la route, elle vit l'œil du cyclope qui approchait comme un taxi en maraude. Ils la cherchaient. Ils inspectaient le bord de la route pour l'empêcher de s'échapper encore une fois. Ils allaient forcément la trouver si cette porte ne s'ouvrait pas pour la sauver. Elle se pencha vers le panneau de bois et elle mit sa bouche devant le trou de serrure.

Elle chuchota :

— Je sais que vous êtes là. Je sais qu'il y a quelqu'un. C'est une question de vie ou de mort. Ouvrez-moi !

Elle se releva, espérant que la porte allait s'ouvrir. Il ne se passa rien. La voiture des poursuivants s'arrêta juste avant la maison. Elle comprit qu'ils allaient venir la capturer.

Elle joua le tout pour le tout en criant :

— Sauvez-moi, sauvez-moi ! Au secours, ils vont me tuer !

Dans la maison, rien ne bougea. Par contre, les portières de la voiture bleue claquèrent comme des coups de carabine. La mort dans l'âme, Maria redescendit rapidement le perron et s'enfuit par derrière vers le jardin. Avant d'enjamber la clôture, elle se retourna vers la maison. Une lampe s'était allumée au premier étage.

Les barbelés du grillage tentèrent de la retenir en accrochant sa petite culotte blanche. Elle se dégagea d'un geste rageur qui eut pour effet de déchirer le tissu tendu sur ses hanches pleines. Elle ne s'en offusqua pas.

Elle posa les pieds dans une sorte de tourbière où la marche s'avéra difficile.

Les herbes folles des marais cachaient les trous d'eau. Elle ne tarda pas à s'affaler dans ce mélange humide. Elle eut des difficultés à se relever mais elle continua sa marche en direction de la rivière. Elle tomba encore plusieurs fois. Chemin de croix. Elle avait mis son espoir dans cette barrière naturelle.

Quand elle serait passée de l'autre côté, ils ne pourraient pas retrouver sa trace. Elle pouvait gagner le temps nécessaire pour atteindre les premières maisons de l'agglomération, et faire cesser ce cauchemar.

L'aube n'allait pas tarder à bousculer la nuit.

Maria aperçut la lueur des phares d'une voiture arrêtée près du pont…

VII

La chambre était tapissée de bleu. Il s'agissait d'un papier peint aux motifs hérités du XIXe siècle. Le fond tirait vers l'outremer. La couleur était rappelée à la tête de lit par une draperie aux plis soigneusement repassés comme des bannières exposées dans un musée. Derrière, sur un rectangle de mur peint en blanc, le juge s'était amusé à accrocher six gravures anciennes formant un ensemble assez homogène. Chaque dessin représentait une Diane chasseresse dans un décor différent. Sur ce mur, il y en avait pour une coquette somme d'argent. Et le charme des gravures fonctionnait à merveille.

Pendant un moment, Landowski imagina le juge Brousse lancé à la recherche de ces pièces rares. Il le suivit tour à tour dans les arrière-cours d'antiquaires originaux aussi discrètes que des alcôves réservées à ces cinq à sept qui laissent de l'amertume sur les lèvres des amants déçus. Il l'accompagna de palais en château et d'exposition en salle des ventes. Il l'entendit acquérir avec émotion ces dessins de femmes inaccessibles où le galbe d'une jambe rivalise avec la courbe d'un sein qui s'échappe d'une tunique négligemment entrouverte. Il comprit la quête de son hôte et il le soupçonna tout de suite de n'avoir pas vendu à l'encan sa fibre de collectionneur. Cette chambre avait-elle une fonction particulière dans cette curieuse maison ?

Près de la fenêtre, on avait placé un beau bureau de bois précieux. Il était là pour la décoration mais peut-être aussi pour permettre de coucher sur le papier des vers d'inspiration romantique... Le policier, lui, avait bien l'intention d'en faire son poste de travail durant son séjour. Tant pis pour Lamartine !

Dans le mur d'en face, une porte camouflée s'ouvrait sur une salle de bain minuscule baignant dans un éclairage abricot. Des appliques judicieusement placées diffusaient cette couleur chaude qui tranchait avec les bleus de la chambre.

Irène le laissa découvrir cet univers sans prononcer le moindre mot. Elle se contentait de pousser les portes et d'étendre la main à la manière de César ou de Pompée pour accrocher le regard de son visiteur. Puis elle débloqua la fenêtre pour l'inviter à jeter un œil au dehors tandis qu'elle déposait le bagage sur un banc prévu à cet effet.

Landowski se demanda alors s'il était en train de jouer un rôle dans une pièce de théâtre. Mais les applaudissements ne venaient toujours pas. le genre de la maison était-il plutôt de jouer à guichets fermés pour être certain de ne pas avoir de spectateurs ?

Il suivit Irène jusqu'au salon où l'attendait son hôte. Celui-ci était nimbé d'un nuage de fumée grise. Il s'était allumé un énorme cigare à la Churchill et était en passe d'empester le lieu avec son barreau de chaise malodorant.

Comme ils en étaient aux échanges feutrés, le petit juge susurra :

— J'espère que la fumée ne vous dérange pas, Commissaire…

L'instituteur que le commissaire avait eu en cinquième classique disait parfois que l'hypocrisie était le courage des lâches. Il n'est pas d'existence humaine sans lâchetés ni compromissions. Le policier ne dérogeait pas à la règle. Il s'entendit répondre d'une voix suave :

— Mais pas du tout, Monsieur le juge !

Dans le regard de l'autre, toujours en mouvement, il lut immédiatement cette jubilation propre aux esprits retors. On allait pouvoir s'amuser un peu. Il aimait ça.

Le juge en était resté à ses commentaires sur l'éventualité d'un meurtre et Landowski avait bien envie d'en savoir davantage. Il avait remarqué que le magistrat ne faisait que répondre à des questions comme si la culture de l'aveu qui avait rempli sa vie professionnelle l'empêchait de s'aventurer en terrain découvert.

Il relança donc :

— Vous me disiez que vous avez le dossier de l'affaire ?

— Une copie, Commissaire, une simple copie. Je suis trop soucieux du bon fonctionnement de la justice pour avoir dérobé un dossier original à la poussière ancestrale des sépulcres administratifs. Dès que j'ai reçu cette lettre anonyme, je me suis intéressé au problème, vous pensez bien !

— La lettre ne donnait pas beaucoup d'éléments…

— L'informatique facilite bien les choses aujourd'hui. Et puis, j'ai encore mes petites entrées place Vendôme. J'ai fait faire une recherche puis j'ai demandé une copie par le truchement du président du tribunal.

— Et qu'avez-vous découvert de particulier dans ce dossier ?

— L'enquête a été un peu bâclée. Je ne mets pas ça sur le dos des policiers qui ont mené les investigations ni sur celui du magistrat qui n'a eu que le temps de classer l'affaire. Au contraire, je crois qu'ils ont fait le travail qu'on pouvait attendre d'eux. Non, je pense plutôt à un concours de circonstances qui n'a pas fait pencher la balance vers l'enquête criminelle. Enfin, pas vraiment.

C'était trop beau. Le commissaire se mit à jouer l'avocat du diable.

— Ils n'avaient pas grand-chose sous la main…

— Quand même, quand même ! Le piétinement de la berge sur la rive gauche et ces empreintes humides auraient dû les inquiéter davantage. Et puis, il y avait le chauffard. En déployant des moyens adéquats, ils auraient pu l'identifier.

— Peut-être. C'était dimanche…

— Je suis étonné de vous entendre parler ainsi, Commissaire. Quand on lit vos états de service, on constate que vous n'avez rien d'un pantouflard !

— Je laisse effectivement ça à d'autres. A propos, pourquoi avez-vous pensé à moi ?

Le juge posa la main droite sur sa poitrine comme

pour s'excuser d'une régurgitation qui serait passée inaperçue.

— J'ai rencontré une jolie personne… à l'École Nationale de la Magistrature.

Là, le flic réagit au quart de tour :

— Vous connaissez Lorraine ?*

— Eh oui, Commissaire ! Mademoiselle Bouchet a écouté une de mes conférences avec intérêt. Cela se passait juste avant la fin de sa scolarité. Elle revenait de Bretagne toute auréolée de gloire pour avoir participé activement au démantèlement d'une secte criminelle. Tout le monde savait que j'allais me retirer en Bretagne. Elle a dû le savoir aussi. C'est venu assez naturellement. Vu de Bordeaux, le Finistère ce n'est pas si loin, vous savez !

— Comment avez-vous fait pour me retrouver ?

— J'ai un ami aux Renseignements Généraux.

— Moi aussi, j'ai un bon pote aux RG ! Il se prénomme Ange… Une manière de ne pas cacher ses origines corses. On s'est croisés sur l'affaire du "Ganador"**. On s'est frités un peu. Il est vraiment c… parfois. Mais c'est mon pote !

Une année, Landowski avait fait un déplacement dans l'Est pour aller le voir. L'autre flic était en poste de ce côté de la frontière, quand elle servait encore à quelque chose, et il ne chômait pas. Ils s'étaient gavés de genièvre et de choucroute avant d'atterrir dans une usine désaffectée.

---

*Lorraine Bouchet : Magistrate que le commissaire Landowski a rencontré et aimé dans *La Secte de l'Aven*, même auteur, même collection.
**Lire *Corps-mort à l'Île-de-Batz*, même auteur, même collection.

Pendant un bon moment, ils avaient éclaté les carreaux de la vieille verrière au 357 magnum. Comme des gamins équipés de carabines à plomb ! Ils avaient ri comme des collégiens avant que les coups de feu finissent par ameuter le quartier. Une mémère avait rentré son chienchien de peur que les voyous ne le prennent pour cible. Évidemment, les flics en tenue s'étaient pointés à l'entrée du terrain vague comme des cow-boys à OK Corral. On avait été à deux doigts de la bavure… entre policiers. A cette époque, le copain de Landowski ne faisait pas dans la dentelle. Aujourd'hui, non plus. On ne change pas un flic.

— Commissaire, Commissaire…

Pendant une minute, il avait zappé.

— Excusez-moi, Monsieur le juge.

— Un repas trop arrosé peut-être ?

Il ne croyait pas si bien dire !

— Je disais que c'est un fonctionnaire des RG qui a recherché votre affectation pour me la communiquer. Dès que j'ai obtenu le renseignement, je vous ai contacté.

— Vous n'êtes pas passé par les canaux officiels ?

— Je me suis contenté d'activer mon réseau.

— Pourquoi ?

— Ma démarche reste personnelle. J'y tiens !

— Il y a une menace évidente dirigée contre vous. Le risque est là. Si je comprends bien, je vais travailler sans commission rogatoire ?

— Commissaire, dois-je vous rappeler que la police judiciaire est chargée de constater les infractions, d'en rassembler les preuves et d'en rechercher les auteurs tant qu'une information judiciaire n'est pas ouverte ?

— Encore faut-il être chargé de l'enquête !

— La procédure pénale, je m'en charge !

— Vous n'avez pas envie de me faire travailler sous l'autorité d'un juge. Un autre que vous, s'entend...

— Je ne le vois pas vous déférer une réquisition. Vous êtes loin de votre base. Compétence de juridiction, Commissaire !

— En ne portant pas plainte, vous allez mettre à mal les règles de la déontologie que vous avez défendues pendant toute une carrière...

Manifestement, cette phrase l'irrita. A ce moment-là, le policier n'était pas en capacité de savoir pourquoi.

— C'est à moi de juger, Commissaire ! Maintenant, si vous estimez devoir en rester là, je comprendrais très bien. Votre hiérarchie vous a un peu malmené dans cette affaire de l'île de Batz. Et si vous voulez leur donner raison...

— Je ne suis pas là pour être populaire ! D'ailleurs, j'ai gagné la partie sur ce coup-là !

— Alors, qu'est-ce qui vous chagrine ?

Landowski n'y alla pas par quatre chemins.

Brutalement, il répondit :

— Vous !

VIII

Pendant un court instant, quelques bulles d'air vinrent crever la surface. Tout au début, elles remontèrent en salves nourries ponctuées par de courts répits. Puis elles s'espacèrent pour n'être plus que des orphelines hésitantes et éphémères qui accompagnaient la forme floue qui s'en allait vers l'aval.

Quand le débit de la rivière se rétablit en courant lisse et harmonieusement perpétuel, les deux exécuteurs se regardèrent. Comme si le poids de leur acte commençait à peser sur leurs épaules, ils maintinrent leur face à face un peu plus longtemps que nécessaire. Ensemble, ils retirèrent leur main de l'eau d'un geste brusque comme s'ils se brûlaient à un feu vif tout à coup.

Le corps de la jeune femme roula sur lui-même pendant une dizaine de mètres. Un instant, la blancheur du chemisier affleura la surface puis l'image s'estompa, complètement gommée par l'eau brune du Goyen. Comme à la parade, les deux bourreaux firent demi-tour dans un ensemble parfait. Ils regagnèrent la berge qu'ils longèrent sur quelques mètres avant de remonter sur la route. Ils passèrent rapidement le pont sans jeter un regard vers l'endroit où ils venaient d'exécuter une jeune femme sans défense.

A cet instant précis, ils ne pensaient à rien. Leurs neurones n'avaient plus envie de fonctionner. L'eau froide ruisselait sur les jambes de leur pantalon. Leurs chaussures gorgées d'eau et salies par la vase accumulée au pied des berges couinaient étrangement en laissant derrière elles des traces immondes. On aurait dit des empreintes de monstres. On n'en était pas loin.

Puis la machine humaine redémarra. Pour le premier, celui qui avait parlé de "macchab' " après l'accident, le problème était résolu et ses craintes d'être condamné s'estompaient d'un seul coup. Sa petite personne était épargnée. Il n'aurait pas à subir l'opprobre de ses proches ni la publicité honteuse d'une mise en examen. Il n'aurait pas à connaître la déchéance de croupir derrière les barreaux d'une cellule en attendant un jugement. Il allait pouvoir continuer à vivre en jouant le macho de service. Le sang sur les mains ne laisse pas de traces indélébiles.

Pour le second, celui qui avait imaginé le marché de dupes, ce qui devait arriver s'était produit. Quand il avait proposé de l'argent pour effacer leur ignominie collective, il savait bien que ce n'était qu'une construction impossible, un édifice bâti sur du sable, une chimère de la plus belle eau. Il avait balancé cette idée parce qu'il fallait bien essayer de se sortir de ce mauvais pas. Mais, à aucun moment, il n'avait réellement cru à ce qu'il disait. Depuis le début, il avait su qu'ils devraient, tous ensemble, porter la responsabilité de la mort de cette jeune femme. Leur liberté était à ce prix.

L'homme qui s'était planté sur la rive droite entre la voiture et la fugitive, se rapprocha du véhicule. Il suivait des yeux les deux bourreaux qui traînaient leurs pieds comme des bagnards. On aurait dit que des boulets fixés à leurs chevilles entravaient leur marche.

Il prit son temps laissant les deux autres le rejoindre. Ils échangèrent des regards lourds. Chacun lisait sa propre responsabilité dans l'œil de l'autre et un clivage s'installait déjà entre les commanditaires et les exécuteurs. Il y avait dans la besace de chacun le film de son implication personnelle et ça commençait à peser lourd, très lourd. Le rassemblement avait semblé durer longtemps. Ce n'était qu'une illusion. Deux minutes tout au plus venaient de s'écouler depuis l'exécution.

Tandis qu'ils ouvraient les portières arrière, l'homme prit place derrière le volant. Il se pencha vers sa voisine et tenta de l'embrasser. Elle le repoussa fermement. Dans le regard qu'elle lui lança, il lut la lettre de rupture qu'elle n'aurait pas besoin de lui écrire.

Elle détourna les yeux. Il la couvrait de fleurs et de cadeaux. Il faisait très bien l'amour. C'était très agréable. Mais avait-elle encore envie de regarder cet homme avec lequel elle se sentait bien depuis des mois ? Il avait beaucoup bu. Mais pas davantage que les autres. Il y avait un hic. C'était lui le conducteur. Même s'ils chahutaient dans la voiture juste avant la collision, même s'ils étaient responsables quelque part de ce qui s'était produit, il restait celui qui tenait le volant. S'il avait eu l'esprit moins embrumé, il aurait vu la voiture. Il aurait tout fait pour l'éviter. Ils auraient pu avoir un accident et même y rester. Tous. Mais les deux amoureux seraient vivants. Vivants !

Le dernier homme, celui qui s'était assis sur le banc du coin pique-nique, se décida enfin à se lever. Il avança vers la voiture à l'allure d'un scaphandrier. Il avait l'impression d'avoir des semelles de plomb. Depuis tout à l'heure, il ne comprenait plus rien à rien. Il vivait un cauchemar qu'il n'avait même pas tenté d'arrêter. Il avait cru qu'on irait chercher un médecin. Il avait été surpris d'entendre qu'on proposait de l'argent à la jeune femme pour le prix de son silence. Quand il avait cru comprendre qu'elle acceptait par un signe de tête, il en avait été soulagé. Cela voulait dire qu'on allait la secourir. On verrait bien pour ce marché. Plus tard.

Quand elle s'était mise à courir, il avait été abasourdi. Il avait compris qu'elle venait de signer son arrêt de mort. Et qu'il ne ferait rien pour la sauver.

IX

Quelle méthode adopter pour identifier un chauffard ? C'est la question que se posait Landowski en empruntant la venelle de Keridreuff pour descendre vers le port.

Il faisait beau mais une petite brise désagréable courait dans ce boyau à peine large d'un mètre cinquante. Des marches humides et des plans inclinés se succédaient pour dérouler le chemin devant lui. Il regardait le bout de ses chaussures s'animer en cadence. Il n'avait besoin de rien. Il n'était pas certain d'avoir envie de parler à quelqu'un.

Il était seul.

En bas de la venelle, avant d'entrer dans l'ombre de la toute dernière portion comprimée par des immeubles élevés, il fit une halte comme un pépé fatigué de sa marche vespérale. Une rampe de fer rouillée courait sur sa gauche. Des fleurs de camélias pourries jonchaient un triangle de terre terminé par un poteau électrique tronqué. Après quelques secondes, il reprit sa descente.

— Pourvu que ce ne soit pas aux enfers ! se dit-il en ricanant.

Avant d'entrer dans la rue Pasteur, il s'arrêta devant une vitrine. Il avait toujours été attiré par les livres. Il gardait en mémoire le spectacle hallucinant des autodafés organisés par les chemises brunes, les SA de Röhm. L'histoire de l'Europe marchait vers la Nuit de Cristal, la "Kristalnacht" de novembre 1938. Bientôt, les transports rouleraient vers l'Est, vers la Pologne…

Derrière la paroi de verre, il y avait un livre usagé qui avait pour titre : *Aménagement de la solitude*. Il se demanda s'il existait réellement des recettes efficaces pour supporter ça. Sur l'étagère transparente la plus haute, il y avait un autre livre, une monographie de Giacobetti. Un visage occupait pratiquement toute la couverture. On n'en voyait pas les yeux. Il était décliné dans un dégradé de bleu. Le plus surprenant c'était cette tache de peinture rouge sur la lèvre inférieure du modèle. Comme si un peintre distrait avait laissé glisser son pinceau sur cette bouche pulpeuse à souhait. Caresse ou blessure ?

Il resta quelques minutes devant la vitre. Cette marque rouge avait quelque chose de fascinant. Elle exprimait la douceur par l'épaisseur de la matière qui la composait. Pourtant, elle rappelait la brutalité d'une morsure, la fièvre d'une plaie. Elle faisait penser à une blessure dont la source de sang se serait tarie au fil du temps. Cette image n'était pas sans lui rappeler bien des choses…

D'un pas hésitant, il marcha vers la place du Chevalier de la Barre. Le bleu soutenu des volets d'un café qui faisait l'angle accrocha son regard. Le bleu, toujours le bleu. Soudain, il eut l'envie furieuse d'une bière blonde, de celles qui moussent généreusement et qui débordent légèrement, juste pour alimenter un filet humide qui descend le long du verre et imbibe le carton. Il poussa la porte.

Il s'assit près d'une fenêtre et il ne pensa plus à rien tant que l'objet principal de son désir n'était pas devant lui. Quand le verre fut à portée de sa main, il sourit comme un enfant. Cet objet banal, il l'avait espéré. Il devenait accessible. Du coup, il n'avait plus autant d'intérêt pour lui.

Quand le suspect est devenu coupable en avouant, Landowski ressent toujours la même chose. L'adrénaline va se reposer. Et le flic s'assoupit.

La madeleine de Proust* hantait certainement encore l'esprit des anciens de terminale philo dont il faisait partie. Dieu, si chacun pouvait se contenter de plaisirs simples, les flics comme lui seraient mis au rancart. Il aurait enfin le loisir ou de rêver de projets irréalisables ou de devenir un quidam voyageur. Il pourrait aimer encore ou bien prendre un aller simple pour Zanzibar. De toutes les façons, il aurait le pouvoir discrétionnaire d'avoir des remords inutiles. Et puis il aurait le choix suprême de tirer sa révérence. Aller simple…

Il but une petite gorgée de bière et il se décida à examiner le problème qui lui était proposé par le petit juge en retraite. Il posa d'abord l'équation à résoudre. L'énoncé était indispensable pour bien comprendre ce qu'on lui demandait de faire. Dans le fond, ce qu'on attendait de lui c'était de retrouver…

---

*Lire *Meurtres du côté de chez Proust*, collection Pol'Art, même auteur.

Retrouver qui au juste ? Un correspondant anonyme ou un meurtrier ? Un corbeau pour l'empêcher de nuire et sauver le petit juge d'une vengeance ou un assassin comblant ainsi la soif de justice d'un anonyme qui abandonnerait ses menaces ?

Ou les deux. Ou plus si affinités...

Quand on rentre dans une enquête policière, on ne sait jamais ce que l'on va trouver et, parfois, les coupables tombent comme des mouches. Un peu comme les victimes. C'est selon. Équilibre subtil de la nature qui transforme les prédateurs en proies. Si on voulait bien regarder, on s'apercevrait qu'elle est bien faite, la nature. Et l'homme, minuscule vermisseau, qui se targue de changer tout ça ! C'est faire preuve d'une belle indécence que de péter plus haut que son c... Jusqu'au jour où la nature reprendra ses droits. Définitivement.

Le corbeau était au parfum. Pour s'en mêler ainsi, il connaissait parfaitement l'affaire. Il citait Maria, stigmatisait l'incurie des autorités judiciaires et exigeait des résultats. Il ne parlait pas directement d'assassinat. Il réclamait simplement l'ouverture d'une nouvelle enquête. Il attendait que celle-ci permette de découvrir des choses probablement insoupçonnées jusque-là.

Fissa !

Identifier l'auteur d'une lettre anonyme c'est toujours la galère. Il a le temps d'en rédiger une liasse avant qu'on arrive à le choper. Pour le débusquer, Landowski ne possédait pas beaucoup d'indices. Le papier à lettres n'était qu'une feuille A4 standard, quatre-vingt grammes au mètre carré. Les caractères avaient été découpées dans un quotidien quelconque mais néanmoins respectable et il était facile d'imaginer que la colle sortait d'un bâtonnet disponible dans n'importe lequel des commerces du coin.

Pour ce qui était de l'enveloppe qu'il avait tenue entre les doigts, il n'avait rien noté de particulier. Format courant et timbre à un demi-euro. Le nom et l'adresse du destinataire avaient été composés avec les petits caractères du même quotidien et alignés avec une pince à épiler ou un instrument similaire.

Au cours de ces dernières années, il avait pu se rendre compte de l'efficacité grandissante des investigations scientifiques menées par les services spécialisés. Les analyses de salive, de sang, de sperme et les recherches d'ADN ont permis de confondre des coupables et d'écarter des innocents. Dans cette affaire-là, il n'avait pas l'intention d'y avoir recours. A aucun moment. Côté assassin, ce n'était pas plus brillant. S'il comprenait bien le film, on lui laissait entendre que quelqu'un avait tué Maria.

Il savait qu'elle avait eu un accident, qu'elle avait divagué dans la nuit et qu'on l'avait retrouvée noyée près du pont au petit matin.

Les traces de pas et les passages dans les hautes herbes indiquaient une présence. Il n'y avait rien d'autre.

Puis vinrent les questions qu'on se pose toujours dans ces cas-là. Le chauffard était-il seul dans sa voiture ? Est-ce que l'assassinat de Maria était forcément lié à l'accident ? A quel moment les traces de pas avaient-elles été faites ? Au moment du meurtre ? Avant ? Après ? Par qui ?

Ensuite, il se mit à broder un canevas. Il aimait se raconter des histoires. Quand il était petit, il lui était arrivé de pleurer en se faisant peur avec des histoires affreuses qu'il inventait. Il avait usé de ce stratagème à chaque fois que la réalité lui paraissait trop lourde. Pousser à l'extrême, à l'absurde était sa thérapie. Autant renifler pour de faux ! Une fois dans la police, il n'avait plus eu besoin de cette imagination-là. La réalité criminelle lui avait très vite montré qu'elle pouvait aller très loin dans l'horreur. Malheureusement, toujours plus loin. Sans limite.

Les voitures se télescopent. Pierre est tué. Maria sort de la voiture. Elle va vers l'autre véhicule qui s'est arrêté. Le conducteur en descend…

S'il n'est animé que de bonnes intentions, il la prend avec lui, il prévient la gendarmerie, les secours et… il n'y a plus d'affaire ! Il avait donc d'autres projets, cet inconnu. Il veut la faire taire. C'est qu'il est en faute, c'est qu'il y a un risque pour lui. La condamnation puis la prison. Le déshonneur…

Oui, ça c'était bon comme argument. Il en avait connu des meurtriers qui avaient agi sur la simple nécessité de protéger leur honneur. Ce sont souvent les pires. Quand on tue par principe et non pas par intérêt, on donne à l'acte une impérieuse nécessité qui balaie tout sur son chemin. Par avance, on l'absout de toute faute et on perd toute mesure. Le but à atteindre permet tous les excès. Il les réclame même et c'est ainsi que le résultat parvient à dépasser l'entendement

au point de vous donner envie de vomir ce que vous avez mangé ce jour-là mais aussi les jours précédents, voire tout ce que vous avez pu ingurgiter depuis votre naissance.

Puis un café noir, fort, non sucré vous fouette les neurones et vous permet de mettre un pas devant l'autre avec la certitude, quand même, d'avoir encore déchiré des pages du dictionnaire. Parce que, parfois, il n'y a pas de mots. Il n'y a plus de mots...

Alors Maria s'enfuit et l'homme la traque ou bien... il l'attend. Il en faut une bonne raison pour passer la nuit à la chercher cette pauvre femme ! Et au petit matin, elle se pointe et se laisse tuer sans rien tenter pour conserver sa vie ? Landowski ne pouvait pas accepter cette hypothèse sans réagir.

Et que faire de ces traces dans les marais, sur les berges et sur la route ? Elles ne pouvaient pas être le fait d'un homme seul. Le conducteur faisait-il partie de ce groupe ? Ou d'autres gens avaient-ils croisé Maria ? Une jeune femme seule, un peu perdue et jolie de surcroît avait-elle suscité la convoitise d'hommes de rencontre ? D'un homme solitaire ? L'enquête faisait état de rapports sexuels pratiqués sans aucune violence. La victime était blessée aux genoux. Elle avait des marques aux épaules comme si on l'avait tenu fermement. Ses vêtements étaient intacts à part une petite déchirure inexplicable à la culotte. Alors quoi, un crime gratuit ? Un jeu cruel ? Mais quoi, bon sang ?

Il réclama une autre bière. Le barman vint lentement la poser devant lui. Il emporta le verre vide et retourna derrière le bar. Le flic souleva sa bière pour glisser le carton en dessous. Il remarqua le cercle humide laissé sur la table. Il le contempla un instant comme s'il en attendait quelque chose. Un signe, voire un signal.

C'était un cercle fermé à double tour, une nasse. Et Maria n'avait pas pu s'en échapper.

La solution était là.

X

Ils se demandaient comment ils avaient pu en arriver là. Tuer quelqu'un de sang-froid ce n'est pas commun. Commettre un meurtre en réunion, c'est encore plus difficile. Mais il y a parfois des circonstances qui conduisent à cette extrémité. Ou à cette exigence.

Quand Maria s'était lancée à corps perdu dans la nuit, le groupe de joyeux drilles douchés par cet accident idiot et dramatique en avait été stupéfait. Ils n'avaient pas imaginé que la victime puisse tenter de se soustraire à leur influence. Elle venait de perdre son compagnon. Elle avait été choquée par l'accident. Elle se retrouvait toute seule devant cinq personnes. Quel besoin de se perdre dans la nuit alors qu'on pouvait lui porter assistance ? Ce qu'ils n'avaient pas compris ou pas voulu comprendre, c'était l'énormité de leur proposition. Et son indécence. Aucune somme d'argent ne pourrait jamais compenser le préjudice qu'elle venait de subir. Elle les tenait pour responsables directs de la mort de Pierre quand ils mettaient cela sur le compte de l'accident. Difficile de s'assumer.

Malgré l'alcool ingurgité et la fatigue présente, ils se ressaisirent rapidement. Un conciliabule digne d'une cellule de crise remplaça le silence né de la surprise. Des phrases dures, indélébiles s'échangèrent. La responsabilité passa de main en main comme une patate chaude. Il y avait les tenants de l'abandon qui laissaient au destin le soin de régler les choses et les autres qui étaient décidés à en modifier le cours. Avec même un avis pourri de chez pourri qui disait que c'était mieux pour elle qu'on la cherche et qu'on la trouve. Pour son bien. Ben voyons !

Que d'hypocrisie dans cette recherche nocturne. Que faire d'elle ? Chacun savait bien que la question allait se poser s'ils parvenaient à la retrouver. En s'enfuyant, elle avait implicitement refusé tout arrangement. On pourrait toujours tenter de renégocier. Chacun a son prix. Il suffit de trouver le juste équilibre. Mais pouvait-on parler d'équilibre en revoyant Pierre, le crâne traversé par une branche assassine ? Il y a des accidents qui ressemblent à des crimes. A s'y méprendre.

Chaque chose en son temps. La première étape était de retrouver la fugitive avant que le jour se lève. Ils devaient se lancer sur ses traces. La femme du groupe et l'un des hommes se chargèrent de cette investigation tandis que les autres allaient ratisser aux alentours. Pour une raison ou pour une autre, elle pouvait tenter de revenir vers la voiture accidentée et il valait mieux être dans les parages pour ne pas la rater.

Au bout d'une demi-heure, ils revinrent vers leur point de départ. Force était de constater qu'il n'y avait pas la moindre piste. C'est alors qu'ils décidèrent de patrouiller en voiture. Ils suivirent la route de Douarnenez pendant trois kilomètres avant de faire demi-tour. Elle n'avait pas eu le temps de parcourir tout ce chemin. Ils revinrent vers le croisement et ils s'y arrêtèrent.

Tous feux éteints, ils restèrent un moment à l'affût, espérant que la fugitive revienne vers la ville. Ils avaient imaginé le contournement qu'elle était en train d'essayer de réaliser. C'était une forte probabilité et il n'était pas besoin de sortir de Saint-Cyr pour l'envisager. Au lieu de se cacher jusqu'au jour et de sauver sa vie, elle allait se jeter dans la gueule du loup avec une inconscience décevante, une sorte de victimisation inconsciente. Un coup du destin qui ne souhaitait pas lui donner la moindre chance d'échapper à cette horde de carnassiers.

En ne jouant pas la carte maîtresse d'une disparition pure et simple dans une nature amie et noyée de nuit complice, elle donnait à ceux qui la traquaient l'alibi du hasard et de la coïncidence. Ils devenaient insidieusement les instruments d'un destin implacable. La conjonction du gibier et du chasseur conduit inexorablement à l'exécution de l'un par l'autre. C'est dans l'ordre des choses pour ceux qui ne se posent pas de question. Le caractère inéluctable des événements justifie les aberrations comme les ignominies.

C'est à ce moment-là qu'ils prirent la décision de la tuer.

XI

— C'est sur ce bateau que j'ai rencontré Irène ! dit le juge Brousse en posant le doigt sur une photo punaisée sur un panneau de la salle d'attente.

On y voyait un bateau de transport de passagers naviguant dans le raz de Sein. Les ponts étaient déserts. Seule, l'écume soulevée par l'étrave indiquait le mouvement et l'activité.

Brousse avait conduit Landowski à Sainte-Evette où se situe l'embarcadère pour l'île de Sein en dehors des heures de vacation du navire à passagers. Ils en étaient à déambuler comme des routards blasés dans les locaux vides.

Ce matin-là, le juge avait entrepris le commissaire dès le petit-déjeuner comme s'il voulait booster son action par un soutien logistique de bon aloi. Comme à son habitude, le flic était un brin prostré devant son bol de café noir et il n'avait aucune envie de parler à quiconque.

Aux aurores, il a toujours été un ours mal léché, ne comprenant pas et ne voulant pas comprendre un traître mot avant la première gorgée de café. Parfois, il a pris ombrage de son attitude. Elle le caricature quand même un peu. Mais il s'en est accommodé, jouant même sur ce registre comme à plaisir. Au cours de ses pérégrinations policières, il a constaté qu'il n'est pas le seul bougon du matin !

Irène était passée derrière lui avec une cafetière ancienne, une de celles qu'on voit fumer au coin du feu de bois dans les vieux westerns, et elle avait versé dans son bol une bonne dose d'un breuvage proche du coaltar. Elle n'avait même pas répondu à son bonjour. Bienvenue au club ! Tout juste avait-elle esquissé un signe de tête. Il n'attendait pas d'elle une litanie de mots dont la banalité affligeante lui aurait fait regretter le silence feutré de sa chambre. Encore que…

Vers minuit, il avait entendu quelque chose taper quelque part dans la maison. Une sorte de son sourd comme si quelqu'un était tombé sur un parquet. Le bruit s'était répété à plusieurs reprises avant de disparaître. Puis quelqu'un, quelque part, avait puisé une grande quantité d'eau. La tuyauterie ancienne avait renâclé à plusieurs reprises. Sa curiosité de flic l'avait poussé à s'extraire de la chambre pour aller voir.

Il s'était glissé dans l'ombre du couloir comme un Comanche sur le sentier de la guerre. Dans sa jeunesse, il avait souvent rejoué des scènes de westerns mythiques. Il avait cherché à s'orienter sans avoir recours à l'éclairage. Il n'avait pas envie de se trouver nez à nez avec ses hôtes au bout du couloir. Difficile de dire qu'on cherche les toilettes quand la chambre que l'on occupe en est pourvue !

Il avait donc suivi l'odeur. Un parfum d'encens assez soutenu pour indiquer une piste. D'autres parfums aussi. Ensuite, il avait gravi un étage en posant les pieds près du mur pour éviter de faire grincer les marches. Il était arrivé sur un palier plus sombre encore. Face à lui, une porte était entrebâillée, juste assez pour qu'il puisse voir ce qui se passait à l'intérieur de la pièce.

Le local était résolument spartiate. Le parquet n'était pas ciré. Il ne l'avait probablement jamais été. Il était taché par endroits. Les murs arboraient une vieille tapisserie à ramages dont les couleurs étaient passées. Près de la fenêtre, il y avait un lit de fer forgé semblable à ceux qu'utilisent les photographes pour donner à contempler des femmes lascives enchaînées aux barreaux. Les couvertures étaient soigneusement roulées en vagues sur le côté. Un oreiller martyrisé d'une propreté douteuse gisait sur le sol. Au centre de la pièce, trônait un grand baquet de bois. Dans les films de cape et d'épée, les soudards y font basculer les servantes peu farouches sous le regard d'aubergistes impuissants.

Le juge Brousse, le cigare au bec, était debout dans le baquet. Il était complètement nu. Ses jambes fluettes et poilues paraissaient incongrues sous sa bedaine flasque. Sa peau blafarde accentuait l'étrangeté de son attitude. Irène portait une chemise de nuit très courte ne cachant pas grand-chose de son intimité. Dénoués, ses cheveux noirs tombaient sur ses épaules. Elle avait à la main un gant de toilette et, dans un mouvement lent et répétitif, elle procédait aux ablutions intimes de l'ancien représentant de la loi.

Landowski en était au souvenir de ce tableau de la vie secrète d'un couple quand le juge voulut répondre à son regard interrogateur.

— Ce bateau-là faisait la navette pour l'île de Sein. J'étais dans le coin pour je ne sais même plus quel motif. En tout cas, j'ai pris le bateau pour l'île. Il ne faisait pas très beau sur le continent. Une fois en mer, le ciel s'est éclairci et la traversée est devenue très agréable. Ce changement de climat arrive fréquemment quand on vogue vers les îles.

— Et c'est là que vous avez rencontré Irène ?

— Pas tout à fait ! Cela s'est passé seulement au retour ! Je m'étais installé sur le pont-promenade. Je ne supporte pas l'enfermement dans une cabine empestée de relents de fuel et de vomi d'enfants en bas âge. Pour moi, la balade en mer c'est obligatoirement le nez au vent quel que soit le temps. Toutes les places étaient occupées. Elle était assise à côté de moi, par hasard. C'est comme ça que tout a commencé !

Le commissaire comprit qu'il lui faudrait des jours avant d'en savoir davantage. Comme à son habitude, le juge Brousse ne livrait que des bribes. Il aurait pu poser des questions. Il s'en abstint. Le moment n'était pas venu.

Le juge relança la conversation :

— Alors comme ça, je vous chagrine, Commissaire ?

Celui-ci réagit aussitôt en forçant volontairement le trait.

— Je ne comprends pas pourquoi vous ne portez pas plainte ! Vous avez été soucieux de la légalité pendant toute votre carrière et, aujourd'hui, vous voulez faire faire une enquête de meurtre par un semblant de détective privé. Une enquête officieuse menée par un flic en vacances, ce qui risque de poser problème à plein de gens. Vous et moi, en premier lieu !

Comme à son habitude, le juge plissa les yeux en faisant la moue avant de répondre :

— Je ne vous retiens pas, Commissaire !

Puis, en prenant une voix docte et suave, il ajouta :

— Vous avez raison. Cette enquête risque de réveiller des vieux démons. D'ailleurs, c'est un peu ce que j'espère pour que cette affaire soit complètement résolue. Vous êtes ici sans mandat particulier, c'est vrai. Mais quel mal y a-t-il à cela ? Vous avez été mis en repos forcé par votre administration.

Landowski voulut protester, s'inscrire en faux et lui dire que c'était à sa demande qu'on lui avait accordé un congé. Son interlocuteur ne lui en laissa pas le temps.

— Tss, tss ! Je sais ce que j'affirme, continua le juge. Vous avez bien le droit de garder la forme et donc de vous entraîner à la chose policière. Quoi de plus naturel ? Et si vous conduisez cette histoire à son terme, comme je n'en doute pas, la Grande Maison ne pourra que saluer votre réussite, certes en grinçant des dents, mais avec le sentiment du travail bien fait au bout du compte. Vous savez bien que j'ai raison.

Il se frotta les mains avec insistance avant de lancer à la cantonade :

— Dites-moi plutôt où vous en êtes…

Landowski se crut à l'école primaire, droit comme un piquet derrière son pupitre maculé de taches d'encre, sommé par l'instituteur psychorigide d'expliquer pourquoi son devoir n'était pas terminé.

— J'en suis aux questions et aux hypothèses…

— Les bonnes, j'espère !

— J'espère aussi ! Ce qui me chagrine…

— Encore !

— Je suis comme ça, Monsieur le juge. En vieillissant, je commence à avoir des états d'âme. A défaut de suppléments…

— Et alors ?

— La lettre anonyme dit qu'il y aura bientôt vingt ans que Maria B. est morte.

— C'est tout à fait exact. L'anniversaire est dans quelques jours. Et alors ?

— L'auteur semble pressé. Vous n'avez pas peur de la mort, Monsieur le juge ?

XII

Il compta les marches une à une comme les moutons qu'on numérote pour s'endormir. Plus il montait vers l'étage, plus il avait l'impression que ce foutu escalier n'en finissait pas. Il ne s'apercevait même pas qu'il comptait des marches imaginaires. Il n'arrivait à mettre un pied devant l'autre qu'au bout de plusieurs tentatives. Heureusement qu'il tenait bon la rampe de ses doigts crispés comme dans une crise d'épilepsie. Sinon, il serait parti à la renverse comme s'il avait pris une bonne cuite au chouchenn, cet hydromel breton d'une traîtrise consommée. Il se trouvait face à un tableau noir. Il avait à la main ce bâton de craie qui crissait sur la surface à lui crever les tympans. Le maître irascible agitait sa règle d'aluminium et lui hurlait dans les oreilles des chiffres qu'il n'entendait plus. Il ne pouvait plus aller plus loin. Il effaça le nombre qu'il s'obstinait à garder en tête. Peine perdue puisqu'il ne trouvait pas la suite. Autant revenir à zéro ! Pour se motiver, il cria :

— Un !

Comme il n'avait plus la force de décliner une suite de nombres, il se contenta de répéter ce chiffre à chaque fois qu'il parvenait à poser le pied sur une nouvelle marche.

Comme une incantation puis comme une délivrance. Enfin, comme une victoire. Au bout de quelques hésitations dangereuses qui auraient pu faire de lui un surfeur d'escalier, il atteignit le palier. Là, il fit une halte. Dans l'état où il se trouvait, il aurait pu établir un bivouac ou un camp de base. Une antenne médicale avancée aurait probablement été plus utile.

Il était ivre.

Il respirait à la manière d'un soufflet de forge. Alors que l'inspiration lui semblait douce comme de la guimauve, l'expiration lui arrachait les alvéoles pulmonaires à la manière d'un drapeau que le vent effiloche. Du moins le craignait-il dans son brouillard d'ivrogne mondain. Il s'adossa à la rambarde et il observa son environnement immédiat. Des portes un peu floues, hommage à Boris Vian, s'alignaient de chaque côté du couloir. L'une d'elles ouvrait sur sa chambre mais il ne se souvenait pas bien si c'était à gauche ou bien à droite. Après tout, il n'en avait rien à faire. Il n'avait que peu de chance de tomber sur un lit occupé puisque, à part le propriétaire des lieux et lui-même, il n'y avait âme qui vive dans cette grande bâtisse. Son hôte créchait dans l'autre aile. Il ne pouvait donc pas se trouver dans celle-ci.

En titubant, il se lança dans le couloir. Il trouva deux portes fermées à clef avant de tomber sur une troisième qui s'ouvrit toute grande. Il chuta lourdement sur la moquette. Il jura avant de fermer les yeux durant une minute. Pour un peu, il se serait assoupi à cet endroit, profitant d'une couche spartiate mais bien suffisante pour un repos de poivrot. Ce n'est qu'au matin que les réalités s'affichent. Dans toute leur cruauté.

Il rassembla ses forces. Après plusieurs tentatives avortées, il put se mettre à quatre pattes puis il se remit sur pied en s'agrippant au bois du lit comme un naufragé du *Radeau de la Méduse*. Il se retourna et il s'assit sur le bord du matelas. En s'aidant d'un pied posé sur l'autre, il enleva péniblement ses chaussures. Pour les chaussettes, il renonça. En s'allongeant, il parvint à glisser son pantalon jusqu'à ses genoux. Il procéda de la même manière pour le slip. En piétinant l'un et l'autre, il les fit quitter ses chevilles. Il ne chercha pas à les reprendre pour les disposer ailleurs. Il crut s'étouffer quand il passa chemise et pull ensemble par-dessus sa tête. Comme il n'avait pas défait assez de boutons, la chemise se bloqua au menton tandis que le pull poursuivait son chemin avant de se bloquer à son tour. Fébrilement, il chercha le bouton récalcitrant alors qu'il était au bord de l'apoplexie. Enfin, les vêtements cédèrent sous ses doigts et il put respirer à nouveau normalement. Enfin presque. Il s'allongea. Au prix de quelques reptations et de retournements laborieux, il parvint à repousser draps et couvertures vers le pied du lit. Il était en nage. Tous ces efforts l'avaient épuisé. Il s'allongea à nouveau en se plaçant bien au milieu du lit. Il lui restait un instinct de survie lui commandant de faire attention à ne pas tomber par terre. Il respira bien fort pour retrouver un rythme de croisière puis il ferma les yeux pour trouver un peu de repos. C'est à ce moment que la mer si calme se déchaîna. Il se crut embarqué sur une coque de noix en train de passer le Cap Horn lors d'une bonne tempête. Il se sentit sombrer dans un abysse et des flashes envahirent sa tête comme si le feu d'artifice était commencé.

Il s'assit.

La nausée remonta du tréfonds de son être. Son appareil digestif produisit des bruits désagréables et le trop-plein, commençant à chercher sa route vers l'extérieur, rua dans les brancards. Il comprit qu'il allait devoir aller aux toilettes dans les plus brefs délais. Il y parvint. Non sans mal. Les douleurs et crampes s'accentuaient au point de lui faire penser qu'il jouait *Alien*. Le monstre allait jaillir de ses entrailles sanguinolentes et fuir sous un meuble en ricanant. Ensuite, il irait mieux.

Il vomit tout de suite. Les préliminaires étaient bien inutiles surtout qu'il avait un besoin criant d'être soulagé. Des spasmes douloureux lui hantèrent la poitrine et la sarabande continua de plus belle.

Il tomba à genoux au pied de la cuvette en espérant que tout cela allait s'arrêter. Il était mouillé de sueurs froides et les gouttes perlaient à son menton. Il tenta de saisir un rouleau de papier hygiénique pour s'essuyer le visage. L'objet malin lui échappa des mains, rebondit une fois sur le bord de la lunette avant de basculer dans la cuvette. Bingo !

« *Objets inanimés avez-vous donc une âme…* »*

Épuisé, il se releva péniblement, saisit une serviette de bain et s'essuya longuement. Maintenant, il

---

**Harmonies poétiques et religieuses* - Alphonse de Lamartine - 1830.

grelottait. Il ne pouvait pas réprimer ses tremblements. Il s'aperçut qu'il était nu. Il retourna dans la chambre et il parvint à enfiler son pull à l'exception de tout autre vêtement. Les tremblements s'estompèrent. Il décida alors de descendre au rez-de-chaussée. Il fallait qu'il récupère une bouteille d'eau pour se rincer la bouche et boire un peu pour éteindre le feu qui couvait dans sa poitrine comme un volcan facétieux. Ensuite, il pourrait se reposer un peu et oublier tout ça. Jusqu'à la prochaine fois.

Il aborda l'escalier comme une épreuve digne des Jeux Olympiques. Tout à l'heure, il était monté vers l'étage comme si l'Everest se dressait devant lui. Là, c'était le gouffre de Padirac qui ouvrait sa gueule sombre à ses pieds. Ce n'était pas une mince affaire que de lancer la jambe dans le vide. S'il partait en avant, c'en était fini de lui. Alors il choisit de faire la descente sur les fesses comme un enfant qui ne sait pas encore se tenir debout. Marche par marche, il effaça l'obstacle de l'escalier et il parvint sans encombre au rez-de-chaussée. Assis sur la première marche comme un quidam désœuvré, il tenta de reprendre son souffle avant de se lancer à la recherche du point d'eau. Son cœur battait la chamade et l'air sifflait dans ses poumons fragiles. Il s'aperçut que le pull court ne protégeait rien de son intimité qui flirtait allégrement avec la pierre froide de la première marche. Il rassembla ses forces et se mit debout.

Homo erectus.

En s'aidant des cloisons, il parvint jusqu'à la cuisine. Il avisa le frigo, se lança sans le moindre soutien et s'accrocha à la poignée comme à une bouée. Une fois la porte entrebâillée, il put saisir une boîte en carton contenant du jus d'orange et s'en abreuva sans faire attention aux fuites qui étaient en train de mouiller le devant de son pull. Quand il eut assez bu, il s'essuya la bouche d'un revers de manche comme un ouvrier du bâtiment qui a les mains maculées de plâtre ou de ciment. Il poussa la porte du réfrigérateur qui se referma avec le bruit d'une portière de voiture de luxe.

Devant l'évier, il se rinça la bouche avec l'eau du robinet puis il en but une rasade en mettant ses mains en conque comme autrefois dans la cour du collège, à la fin de la récréation.

Il y avait match de foot jusqu'à ce que la cloche sonne. Alors, les joueurs se ruaient vers l'unique robinet et tentaient de se rafraîchir en vitesse pour éviter les foudres de l'instituteur en blouse grise. Quand le dernier élève entrait en classe, il avait droit aux quolibets de ses congénères tandis que le maître le rabrouait. Invariablement, c'était le plus chétif, le plus faible. Une fois de plus, la sélection naturelle occupait le terrain. Souvent, il avait été cette lanterne rouge. Il en avait souffert. Cruellement.

Soudain, il entendit une voiture passer devant la maison. A cette heure-là, ce n'était pas fréquent. S'ensuivit la course de quelqu'un dont les chaussures claquaient sur la chaussée en cadence. Il leva la tête et se tourna en direction des fenêtres donnant sur la route.

Le bruit se rapprocha rapidement puis il entendit le coureur monter les marches du perron avant de s'écrouler brutalement. Il s'avança dans le couloir. Ses idées étaient un peu plus claires et son équilibre plus stable. Il traîna les pieds vers la porte d'entrée. Il s'arrêta à quelques centimètres du panneau. De l'autre côté, il y avait quelqu'un qui respirait fort. La course sans doute. L'inconnue l'interpella d'une voix saccadée où s'entendait la détresse humaine. Il reconnut une voix de femme.

— Je sais que vous êtes là, dit la voix qui entrait par le trou de la serrure. Je sais qu'il y a quelqu'un. C'est une question de vie ou de mort. Ouvrez-moi !

Il eut un haut-le-cœur et il ne put réprimer un spasme. Il se retourna. Comme par pudeur. A l'extérieur, la silhouette s'était redressée. Elle secouait la porte avec l'énergie du désespoir. Il fit un pas et hésita encore. Il avait des douleurs partout. Il n'était plus étanche. Au delà du motif en fer forgé qui ornait la partie haute de la porte d'entrée, il vit la voiture s'engager dans l'entrée et stopper brutalement.

La voix de femme cria :

— Sauvez-moi, sauvez-moi ! Au secours, ils vont me tuer !

Il baissa la tête et il fit demi-tour en s'essuyant la bouche avec son pull. Il marcha jusqu'à l'escalier qu'il gravit sans trop de difficultés. Une fois dans sa chambre, il alluma la lumière.

XIII

Le commissaire hésita. Il était planté devant le quatrième garage à la manière d'un amoureux timide. En guise de bouquet de fleurs, il avait à la main la liste des garagistes visités par les enquêteurs au lendemain de la mort de Maria. Il avait décidé de s'en tenir au choix qu'ils avaient fait à cette époque. Il leur avait fait confiance.

Ils n'avaient pas composé cette liste au hasard vu qu'il n'y avait que quatre noms d'inscrits sur le document et que les établissements étaient disséminés dans tout le Cap-Sizun. Pour une raison qu'il ignorait encore, les responsables de l'enquête avaient restreint le champ de leurs investigations. Il avait besoin de comprendre pourquoi ils avaient procédé de cette manière. Dans toute enquête, il y a une logique. Parfois, c'est le plus grand nombre qui est privilégié parce qu'on veut ratisser large et ne pas risquer d'exclure celui ou celle que l'on recherche. Mais il arrive aussi que la recherche soit très ciblée et préparée en amont par une sélection précise. Il ne connaissait absolument pas les critères retenus par les policiers chargés du dossier concernant la mort de Maria mais il avait supposé que, s'ils avaient agi ainsi, il devait y avoir une raison valable. Il avait donc décidé de s'en tenir là. Un moment, il avait pensé qu'ils étaient allés au plus simple par manque de temps.

La liste avait contredit immédiatement cette hypothèse puisque les commerces concernés n'étaient situés ni à Audierne ni à Pont-Croix. Que cherchaient donc ces enquêteurs qui allaient rapidement être contraints de laisser tomber leurs investigations ? Il restait persuadé que leur choix de départ avait un fondement solide. Encore fallait-il découvrir lequel.

Il venait de visiter les trois premiers établissements inscrits sur la liste. Il avait indiqué ce qu'il cherchait et, à chaque fois, il avait exigé qu'on lui fournisse la liste des employés de l'époque. A tout hasard, il avait l'intention de vérifier leur pedigree pour voir s'il n'y avait pas une petite intuition à sortir de tout ça.

Pour l'instant, rien ne l'avait branché sur une piste particulière et il ne voyait absolument pas où cela pouvait le mener. Pour tout dire, il en avait un peu marre surtout que, depuis le matin, il s'était avalé un certain nombre de kilomètres sur les routes un peu sinueuses du Cap-Sizun. Il s'était demandé si ces parcours trompeurs avaient été utilisés pour fatiguer le vent. Puis il s'était rendu à l'évidence : les protagonistes de son enquête avaient le même profil !

Il entra dans le dernier établissement. Et il comprit immédiatement ce qui avait aiguillé les enquêteurs la première fois.

Il s'agissait d'un garage encombré de piliers de ciment soutenant des pans de toit obliques percés de grandes verrières mangées par la mousse et les fientes des oiseaux de mer. On aurait dit une ancienne conserverie, de celles où, autrefois, bruissait le travail pénible des femmes en noir. Le mur du fond était tapissé d'outils astiqués comme des sous neufs. Une fosse maçonnée s'ouvrait dans le sol maculé de cambouis et de taches huileuses. Il y avait peu de véhicules dans le local mal éclairé. Mais ils avaient tous une particularité : il s'agissait exclusivement de modèles anciens d'un certain prix.

La réponse était là.

Un homme en salopette bleue s'approcha, la clope cabossée au bec et la clef à molette à la main. Il tira une bouffée de mataf et exhala dans la direction de Landowski un nuage de fumée avant de demander un peu brutalement :

— Vous voulez acheter le fonds ?

Il avait l'accent d'un titi parisien, gouailleur et quelque peu méprisant.

— Non, répondit le policier calmement. Je suis en visite.

Il avait volontairement choisi un ton un peu faiblard pour laisser l'autre faire son cirque. La nature est ainsi faite. Il y a toujours quelqu'un à vouloir dominer les autres. Celui-ci voulait s'en donner à cœur joie. Franchement, il avait envie de voir ça. Avant de porter l'estocade, il aime toujours les observer ces matamores, ces Don Quichotte à la petite semaine.

— Je le vois bien. Depuis un quart d'heure, je vous observe de là-bas, dit-il en indiquant un vague endroit de sa main enduite de graisse comme d'un onguent. Vous avez fait le trottoir un moment avant de vous lancer. Maintenant que vous êtes là, vous avez une bagnole à restaurer et vous avez peur de la facture, c'est ça ?

— Non.

Landowski lui trouvait un air d'acteur de cinéma mais il ne parvenait pas sur le moment à en trouver le nom. Il le voyait bien, dans le film, s'asseoir avec son frère sur un siège de voiture derrière le garage, à l'heure de l'apéritif.

— C'est un garage ici, lui dit l'autre en retroussant ses babines. Vous avez remarqué ? Et je ne fais que dans la bagnole de collection. Je ne supporte pas toutes ces savonnettes peintes qu'on s'obstine à appeler des voitures. J'ai envie de vomir à l'intérieur pour qu'on les foute à la casse et…

Pour couper court, le visiteur se présenta :

— Landowski, commissaire divisionnaire.

Le garagiste repoussa sa casquette crasseuse. Elle paraissait avoir été confite dans des produits pétroliers. Avec aplomb, il balança sa question :

— Et y cherche quoi, Maigret ?

Le mécanicien s'appelait Vauque dans le film. Le nom venait de lui revenir.

Landowski répondit :

— Je ne sais pas encore !

— Pas fortiche pour un flic ! Avec vous Bonnot et Callemin* auraient été tranquilles.

— Bonnot a été abattu dans un pavillon à Choisy-le-Roi et Raymond la Science a été condamné à mort.

---

*Jules Bonnot et François Callemin dit Raymond La Science, ont été les meneurs de la bande à Bonnot, un groupe d'anarchistes qui a sévi au début du XXe siècle.

Landowski regarda le garagiste dans les yeux avant de continuer :

— Seriez pas un brin anarchiste, vous ?

— J'ai travaillé à Paris avant de revenir m'installer ici.

— Pas de doute, ça s'entend !

— Là-bas, j'ai connu des gens... ajouta-t-il en plissant les yeux d'un air entendu.

— Bien sous tous rapports ?

— Pour moi, oui. Et c'est le principal !

— Pour la police, un peu moins. C'est ce que voulez dire ?

Le garagiste commençait à s'énerver. Dans le film, son frère était joué par Guy Marchand.

— C'est sur moi que vous enquêtez ou bien...

— C'est à voir. Vous avez bien quelque chose à vous reprocher. On a toujours quelque chose à se reprocher. C'est la vie qui veut ça. Pas vrai ?

Il tenta de faire le fier-à-bras.

— Dites toujours, on verra bien.

— Je cherche une voiture qui aurait eu besoin d'un lifting discret. Et le spécialiste qui l'a réparé bien évidemment. Vous m'avez l'air d'une bonne adresse pour la carambouille, vous !

— Oh là ! N'allez pas trop loin. Y a des lois maintenant qui protègent les citoyens de l'acharnement des fonctionnaires de police.

Puis, voyant les traits du commissaire se durcir sous l'accusation à peine voilée, il tenta d'adoucir ses propos.

La voix plus calme, il continua :

— Je fais mon métier, moi, c'est tout… Elle est comment votre bagnole ?

— Je n'en sais rien.

— Quand je disais…

Landowski cherchait encore le titre du film. Il n'arrivait pas à s'en souvenir alors qu'il en revoyait une foule d'images comme dans un kaléidoscope.

Il était plus que temps pour l'enquêteur de bousculer son interlocuteur. A la manière de ses aînés. Il ordonna :

— Fermez-la !

— Bon, bon, grommela l'autre. Je vais tout vous dire. J'avais une belle Jag à bichonner pour un monsieur de la haute ! Un vrai, pas un plein aux as qui en prend aux p'tits ! Ce qui fait que j'ai pas vraiment travaillé sur la cabosse, ces temps-ci !

— Je ne vous parle pas d'aujourd'hui. Vous allez m'ouvrir vos livres pour que je note le nom de vos employés de l'époque.

— Parce qu'elle est pas de maintenant votre affaire ?

— La voiture qui m'amène ici a eu un accident, il y a vingt ans.

— Vous rigolez, j'espère ! Vous croyez que je vais me souvenir de tout ça sur commande ?

— Il y a des trucs qu'on n'oublie pas.

— Et c'est quoi ces trucs ?

— Des faits qui peuvent conduire aux Assises !

— Oh là, Commissaire, vous allez trop loin. Je ne suis pas un criminel, moi ! Je suis un peu révolutionnaire, c'est d'accord. La loi, les flics, les exploiteurs, j'aime pas bien. Mais de là à entrer dans la clandestinité, il y a une marge. Et pourquoi vous la cherchez, la guimbarde ?

L'acteur dont Landowski cherchait le nom, c'était Jean Bouise. Il venait de s'en souvenir.

Il regarda l'homme dans le fond des yeux et il dit :

— Cette voiture a été utilisée dans le cadre d'un meurtre.

XIV

Il arpentait la passerelle des Capucins d'un pas nerveux. Il fumait cigarette sur cigarette allumant la suivante au mégot de celle qu'il finissait de consumer en tirant de grandes goulées.

Au bout d'un moment, il décida de ne pas trop se faire remarquer par une fébrilité trop voyante. Il s'accouda à la rambarde de bois et de fer peint en noir. Il feint alors de s'intéresser à ce qui se passait sur l'eau comme un simple promeneur.

Un petit bateau de pêche qui rentrait au port fut chahuté par la vague d'un autre, beaucoup plus gros, qui allait gagner la haute mer. Trois kayaks s'écartèrent des remous en forçant sur les pagaies.

Un gros camion Daf 3200 ATI manœuvrait sur le terre-plein. Avec une aisance insoupçonnée, il se rangea le long d'un plateau aux armes de “Marine Paints”. Très rapidement, il fut en mesure de déplacer un bateau à coque bleue qui avait subi un lifting complet. Les propriétaires et les professionnels surveillèrent la manœuvre tandis que des enfants passaient en VTT. Le fumeur solitaire avait les lèvres sèches comme s'il avait passé des heures dans le blizzard. Le vent qui agitait sa tignasse, emportait les battements de son cœur. S'il était resté chez lui, les palpitations seraient devenues insupportables. D'ailleurs, depuis ce coup de fil, il ne vivait plus.

Il n'avait rien oublié de cette nuit tragique.

Ils chahutaient dans cette voiture bleue qu'il avait retapée au point d'en faire un objet de collection. C'était lui le conducteur. De ce malheur, il en avait été l'instrument. Mais il n'avait jamais accepté d'en être le responsable. Certes, c'est lui qui était au volant quand son véhicule avait raclé la voiture rouge qui venait en face. Il ne l'avait même pas vue venir tellement l'alcool ingurgité ce soir-là l'avait rendu aveugle et sourd. Mais pas innocent. Il restait persuadé qu'un mouvement à l'intérieur de la voiture lui en avait fait perdre le contrôle. Au moment crucial, quelqu'un l'avait touché. Il avait lâché le volant durant une seconde avant de rattraper la voiture qui faisait une embardée mais c'était déjà trop tard. Le contact avait eu lieu dans un bruit effroyable de tôles martyrisées. Avec cynisme, il admit que, si sa main n'avait pas quitté le volant, le choc aurait été plus violent. Alors, les deux occupants de l'autre véhicule auraient pu mourir ensemble. Et cette affaire serait restée au stade qu'elle n'aurait jamais dû quitter. A savoir, un accident de la circulation. Un instant, il pensa qu'ils auraient pu, eux aussi, y passer, mais il balaya très vite cette idée qui ne satisfaisait pas sa vision très partisane des événements. C'est plus facile de penser à la mort des autres. Il repensa à la femme de leur équipage, celle qu'ils appelaient Miss depuis qu'ils avaient intrigué tous ensemble pour la faire élire reine lors d'une soirée en boîte. Elle ne l'avait pas ménagé cette nuit-là. Il se souvenait bien de l'avoir entendue lui dire qu'il n'était plus conscient de ses actes. Elle avait même ajouté :

— Tu viens de tuer un homme.

Comme s'il était l'unique responsable ! Dans la voiture, il avait voulu chercher un peu de réconfort auprès d'elle. Avant le drame, ils étaient ensemble. Elle l'avait repoussé. Définitivement.

Qu'avait-elle donc de plus que lui ? La faculté d'être alors que lui restait sur le mode avoir ? Ce supplément d'âme qui donne à ceux qui aiment le privilège d'être aimés ? Toutes les qualités quand il ne lui restait que les défauts ? Non, ça ne marcherait plus comme ça ! Lui aussi, il était capable de prendre sa part pour la restituer au centuple. Il était grand temps de mettre les pendules à l'heure ! C'est à ce moment-là que deux hommes montèrent sur la passerelle. Ils venaient du vieux môle comme deux amis en promenade. Personne n'avait envie de se faire remarquer. Quand ils parvinrent à la hauteur de l'homme solitaire, ils s'arrêtèrent comme par hasard. Des poignées de main échangées en silence tinrent lieu de salutations.

Ils rejoignirent le chemin de halage et ils dépassèrent en silence le terre-plein où le grutage du bateau bleu était encore en cours. Plus loin, ils furent les seuls à arpenter les pierres serrées du chemin. Un trio infernal. Ils firent encore une vingtaine de mètres puis ils s'arrêtèrent et se tournèrent vers l'eau.

— Pourquoi tout ce cirque ? demanda un des deux hommes. On a un max de taf et tu nous déranges pour une balade. C'est quoi le problème ?

Le chauffard les regarda. Il avait devant lui les deux hommes qui avaient posé ensemble leurs mains sur les épaules de la victime pour la contraindre à disparaître dans l'eau sombre du Goyen. A les voir ainsi, de chaque côté de lui, il avait un sentiment étrange. Il était tout simplement à la place de la morte. Il réprima un léger frisson.

— Voilà l'information que j'ai pour vous. Un commissaire de police est en ville. Il fait des recherches dans le coin.

— Et en quoi ça nous concerne ?

— Il a visité les garages ; comme les autres, il y a vingt ans. Son nom, c'est Landowski.

— Il cherche quoi, le mec ?

— Un spécialiste de la carambouille !

— Qui c'est qui t'l'a dit ?

— C'est Fredo. J'ai travaillé chez lui avant de changer de boulot, vous le savez bien. A cette époque, j'aurais pu me faire gauler comme une noix mûre. Le commissaire est passé le voir. Il l'a cuisiné un peu.

— Il a quand même pas moufté au flic, ton vieil anar ?

— Fredo n'a jamais aimé ni la loi ni l'ordre. Ce n'est pas maintenant qu'il va commencer !

— Alors, de quoi t'as peur ?

— Vous ne connaissez pas ce Landowski !

— Parce que toi tu l'connais ?

— J'ai vu son nom dans la presse pour des affaires qu'il a résolues en deux temps trois mouvements.*

---

*Lire *Sables mouvants à Bénodet*, même auteur, même collection.

— C'est quand même pas un surhomme…

— Il finira par trouver, il est là pour ça, et tout le monde y passera. Vous comme moi ! Quelqu'un parlera bien à un moment ou à un autre.

— Tu veux dire que tu vas finir par cracher le morceau ?

Il se défendit avec force :

— Non, pas moi.

— Qui alors ?

— Miss.

— J'y crois pas !

— Souviens-toi que, cette nuit-là, elle est remontée en voiture avant le final. Ensuite, elle a tout regardé jusqu'à la fin mais elle n'a rien dit. Depuis, on ne se voit plus. Plus du tout !

— Tu dis ça pour toi. Elle était maquée avec toi à cette époque. Elle t'a laissé tomber, on ne sait même pas pourquoi d'ailleurs.

— Je peux vous dire maintenant qu'elle n'était pas solidaire avec nous sur ce coup-là. Elle nous tient pour responsables de tout ça.

— Elle te l'a dit ?

— Elle me l'a dit.

— Parce que tu conduisais la voiture et que le mec s'est pété la tête sur une branche, c'est plutôt ça !

— Parce ce que tu crois qu'elle vous pardonne à tous les deux d'avoir noyé la femme sous ses yeux ? Je suis certain que non. Quand elle saura qu'il y a un commissaire qui nous tourne autour, elle profitera pour se donner bonne conscience et elle nous balancera. Tous les trois.

— Elle est dans le même bateau que nous !

— Elle n'a rien fait, elle. Ce n'est pas comme nous. Moi, je conduisais la voiture et, vous deux, vous avez exécuté la femme. Nous avons du sang sur les mains. C'est toute la différence et ça suffira amplement à nous envoyer devant un jury.

— On ira en cabane ?

— Y a des chances ! Ce soir-là, tu avais peur de la prison, tu te souviens ?

— Je n'ai rien oublié de cette nuit merdique... Admettons qu'elle n'était pas d'accord, Miss. A qui elle l'a dit ? Est-ce qu'elle a essayé d'empêcher quelque chose ? Non. Ben alors !

— Elle dira qu'on était trois hommes d'un côté...

— C'est facile ça ! J'veux pas porter le chapeau, moi. S'il faut trinquer, tout le monde doit payer l'addition !

— A moins qu'il y ait une autre solution.

Le deuxième homme qui s'était contenté de hocher la tête sans rien dire, osa la formuler. En regardant devant lui, il dit très distinctement :

— S'il y a un risque qu'elle nous donne aux flics, Miss doit y passer. Et vite.

XV

Irène passa derrière Landowski avec sa cafetière fumante. Cela devenait une habitude, un rite. Quand elle se pencha pour verser une large quantité de son breuvage costaud dans son bol, il sentit la pointe d'un sein effleurer son avant-bras. Elle ne rompit pas le contact. Au contraire, il lui sembla qu'elle le faisait durer plus que nécessaire. Quand elle releva le bras et qu'elle se redressa, il perçut un léger parfum d'encens. Mais quand elle s'éloigna, c'est une odeur de femme qui flotta dans l'air pendant quelques instants. Et il en fut agréablement surpris.

Le juge le sortit de ses interrogations en venant le rejoindre dans cette immense cuisine. Après avoir rempli lui-même son bol, il s'assit lourdement devant le commissaire. Celui-ci le regarda bien. En plus de sa moue quasi habituelle, le juge avait des poches sous les yeux – des malles aurait été le vocable approprié… Il faisait l'effet d'un noctambule invétéré sorti du lit aux aurores suite à une grossière erreur de timing. Landowski le revoyait debout dans son baquet d'eau chaude. Irène…

Il se dit alors que c'était une opportunité que d'avoir le juge ainsi à portée de main. Il attendit un peu. En silence, le magistrat pêcha une tranche de pain et il approcha le beurrier en s'aidant de son couteau. Il entreprit d'étaler soigneusement le beurre sur le pain.

Landowski but une gorgée de café avant de lancer sa question :

— Pourquoi m'avez-vous caché des choses, Monsieur le juge ?

Le commissaire eut peur de le voir s'étouffer avec sa tartine beurrée coincée en travers de la gorge, tant la question semblait porter.

Louis-Antoine Brousse posa le reste de sa tranche de pain sur une petite assiette au décor fleuri et, d'une voix mal assurée, il répondit à la question par une autre question :

— Qu'est-ce que je vous ai caché ?

— Que les enquêteurs avaient trouvé une piste du côté de la voiture accidentée.

Immédiatement, il parut soulagé. Ce n'était donc pas ce qu'il craignait d'entendre puisqu'il retrouva sa sérénité habituelle.

— Vous voulez parler de cette idée que la voiture coupable était une voiture ancienne ?

— C'en était une, j'en suis sûr.

— Êtes-vous en mesure de le prouver, Commissaire ?

— Pas pour l'instant mais ça viendra…

Le policier laissa volontairement un blanc avant de continuer.

— Les enquêteurs n'ont visité que quatre garages. Leur activité était essentiellement tournée vers la carrosserie et, je l'ai constaté pour les quatre, s'était spécialisée dans la réparation des voitures de collection.

A sa grande surprise, le juge lâcha du lest.

— Gagné, Commissaire ! Vous progressez à grands pas. J'aime ça.

Il engloutit le reste de la tartine. Il rattrapa du bout de la langue une goutte de beurre rebelle qui perlait au coin de ses lèvres. Il leva les yeux vers son invité sans bouger la tête.

Comediante.

— En effet, continua-t-il, on a retrouvé sur les lieux de l'accident, un morceau de phare qui ne pouvait appartenir qu'à un véhicule d'un modèle ancien. On a cherché à découvrir qui avait bien pu effectuer une telle réparation avec la discrétion indispensable. Il y avait du pain sur la planche si l'on imagine que tout le côté avait dû être touché.

— Et ça n'a rien donné.

— Vous le savez bien.

— Vous auriez pu vérifier toutes les voitures concernées.

— Mais où les chercher ? A Pont-Croix ? A Audierne ? Dans tout le Cap ? Plus loin encore ?

— Ce n'était pas insurmontable.

— La gendarmerie a clos l'affaire...

— Un peu rapidement à mon goût !

— Je vous en ai déjà donné l'explication.

— Que voulez-vous, elle ne me satisfait pas.

Landowski se caressa le menton à la manière d'un chercheur perplexe devant la complexité d'un problème.

— Et si je vous demandais de me donner le dossier de cette affaire...

— Je répondrais par la négative, Commissaire ! Tout d'abord, pour vous protéger. Je dois vous dire que je l'ai obtenu d'une manière… confidentielle. Je crains que votre hiérarchie ne prenne ombrage en vous sachant sur une enquête officieuse. Si, en plus, elle devait vous trouver en possession de ces documents, vous seriez en partance pour les îles Kerguelen ! Vous savez, les nuits polaires sont interminables ! Ensuite, je dois dire que je préfère, et de beaucoup, vous voir dénouer les fils de cette affaire un à un. Vous jouez un peu le rôle du candide et j'aime ça. C'est une affaire trouble et il n'y a rien de mieux que quelqu'un qui ne sait pas pour arriver au bout de cet écheveau.

Il en avait de bonnes, le petit juge ! Et en plus, il croyait réellement qu'il allait pouvoir rouler le policier dans la farine ? Pas de ça, Lisette ! Par la voie hiérarchique, Landowski avait demandé à consulter ce fameux dossier que Brousse cachait jalousement. Curieusement, il n'avait pas eu de réponse précise.

Ils terminèrent leur petit-déjeuner en devisant sur des sujets d'une banalité affligeante comme si l'un et l'autre ne voulaient plus prendre de risques.

Le juge se leva. Il se déplaça pour poser son bol dans le grand évier de grès et souhaita une bonne journée à son invité avant de disparaître dans l'ombre du couloir.

Landowski joua un moment avec une boulette de mie de pain avant de la faire tomber dans ce qui lui restait de café puis il se leva lentement de table comme un travailleur de force qui doit retourner à la taille après une pause toujours trop courte.

Une fois dans le boyau mal éclairé qui coupait le rez-de-chaussée en deux, il entendit le bruit d'une porte qu'on refermait doucement puis quelques pas qui s'éloignaient au deuxième étage. On ouvrit une autre porte puis on la referma avec le même soin que la précédente.

Il pencha la tête dans l'escalier et il comprit que c'était le juge Brousse qui déambulait à ce niveau de la maison. Ce n'était pas le sien puisqu'il occupait l'autre aile avec Irène. Il avait piqué la curiosité du flic. Celui-ci monta l'escalier en faisant le moins de bruit possible.

Il se dirigea dans le sens opposé de celui où se situait sa chambre. Tout au fond, il s'arrêta devant une porte. Il regarda au ras du plancher et il n'y vit pas de rai lumineux. Au contraire des autres, les volets de cette pièce devaient être fermés puisque la lumière du jour ne semblait pas y pénétrer.

Il appuya sur la clenche et la porte s'ouvrit dans un chuintement de coffre-fort. Un calfeutrement spécial appliqué en fond de feuillure, produisait cette impression d'invulnérabilité. Il s'avança dans la pièce.

Landowski se crut au centre d'un sanctuaire. Le couvre-lit était tiré aux quatre coins et lissé impeccablement. Un chapeau agrémenté de baies rouges trônait au centre. Une paire de gants de femme de couleur noire était posée devant le chapeau. Une petite chaîne en or avec un bijou était disposée comme dans un écrin de joaillier.

Sur la commode, une série de cadres montrait une femme aux différents stades de sa vie. On la voyait enfant jouant au cerceau puis jeune fille montant en amazone un cheval bai. La photo suivante montrait la même personne en robe de mariée mais, chose étrange, le policier remarqua immédiatement qu'on avait déchiré la partie où devait se trouver le marié. Le dernier cadre affichait la femme, âgée cette fois, qui ne souriait pas. Sur la cheminée, il y avait un ruban violet, un de ceux qui barrent les couronnes mortuaires. Il le déroula en faisant bien attention de ne pas l'abîmer et lut cette inscription : « *A ma maman chérie* ». Il remit le ruban à sa place et sortit dans le couloir.

Landowski avait entendu une seconde porte. Il supposa que c'était tout bonnement celle de sa chambre. Il se dirigea vers elle. Silencieusement.

Quand il eut poussé le panneau de bois mouluré à l'ancienne, il jeta un œil à la tête de lit. En bon vieux routard, il avait bougé le premier cadre représentant une Diane chasseresse pour le moins plantureuse afin de le mettre de travers.

Beaucoup de gens ont cette manie cartésienne de rectifier du doigt la position des cadres quand ils entrent dans une pièce. Ils le font machinalement et ils n'ont pas toujours raison. L'ancienneté des lieux ou les aléas de la construction font parfois apparaître des verticales comme des perpendiculaires parfaites alors qu'elles ne sont qu'illusion d'optique.

En tous cas, quelqu'un était entré dans sa chambre et ce quelqu'un avait remis le cadre bien droit. Manie, quand tu nous tiens ! Il voyait bien le juge Brousse dans ce rôle-là. Ces Diane, il avait dû se donner tellement de mal pour les réunir dans ce bel ensemble sensuel et artistique à la fois qu'il était facile de l'imaginer refusant une rupture d'harmonie dans leur présentation.

Landowski sourit de satisfaction avant de s'apercevoir que la porte de la salle de bain était entrouverte. Il était certain de l'avoir refermée avant de sortir. Il s'approcha. Il constata que la lumière était allumée à plein, tant la couleur pêche avait envie de dévorer le bleu de la tapisserie de la chambre.

Il poussa la porte.

Irène était debout devant le grand miroir.

Complètement nue, elle le regardait.

XVI

Miss, comme la surnommaient les quatre hommes de son ancien équipage, arriva sur la place de la France Libre avec une bonne demi-heure de retard.

Elle était maintenant entrée dans la quarantaine et les traits de son visage s'étaient insidieusement creusés. Comme elle passait le plus clair de son temps sur les pontons et les bateaux, elle ne se souciait guère de son look et sa peau souffrait en silence au gré des embruns et des paquets de mer. Des rencontres aussi. Elle gardait cet air sauvage qui les avait séduits tous les quatre mais elle n'en jouait plus. Le disque était rayé depuis cette nuit tragique où ses hommes avaient pété les plombs au point de supprimer une jeune femme qui ne leur avait rien fait.

A cette époque maudite, elle était follement amoureuse de Gérard. Ils envisageaient un avenir commun avec sérénité. C'est lui qui conduisait quand tout cela était arrivé. Malheureusement.

Tout à coup, elle avait vu surgir la voiture devant eux. Elle s'était crispée sur son siège tandis que le conducteur tentait une ultime manœuvre. Elle lui avait serré la cuisse dans un mouvement nerveux alors que, l'instant d'avant, c'était une caresse amoureuse qui animait ses doigts.

Elle avait fermé les yeux quand ce frottement métallique lui avait vrillé les oreilles. Quelques minutes plus tard, elle l'avait rendu responsable de la mort d'un homme et elle s'en était voulu amèrement. Elle ne pouvait pas savoir que, quelques heures plus tard, ce jugement hâtif allait faire pencher la balance vers le crime. Depuis, elle y avait repensé souvent. Si elle l'avait soutenu et consolé, Gérard ne se serait pas rangé du côté des bourreaux et, quand cette pauvre femme se serait retrouvée au milieu du courant, il n'aurait pas été celui qui verrouillerait le seul passage vacant vers la liberté et la vie.

A ce moment-là, elle était remontée dans la voiture et elle avait assisté, impuissante, à la mise à mort. Dans son champ de vision, il y avait Gérard au premier plan puis, au second, cette jeune femme en détresse et, derrière elle, ceux qui s'avançaient pour lui ôter la vie. Combien de fois, quand elle naviguait la nuit, avait-elle revu ces images comme dans un film d'horreur ? Combien de fois était-elle montée sur le pont pour chercher le courage d'en finir par un ultime plongeon ?

Puis le temps avait émoussé les rancœurs comme il avait su très bien le faire avec ses passions. Elle avait un peu oublié cette nuit cruelle et ce goût de cendre qui lui était resté en bouche durant des jours.

Mais voilà que le spectre de Maria B. remontait à la surface comme Excalibur. En était-on au temps de la vengeance ou à celui de la justice ? Hier soir, très tard, Didier l'avait appelée chez elle pour lui donner rendez-vous ici.

Miss sortit de la voiture. Elle prit le temps de capeler son blouson de mer. Il y avait du vent. De toute façon, elle savait qu'elle allait avoir froid. Cette affaire lui glaçait les os au contraire de la course au large qui lui flattait les neurones. Alors, elle en oubliait jusqu'au souvenir de la morsure du vent. Elle marcha rapidement en direction du môle en laissant sur sa droite le restaurant “Le Grand Large”. Elle prit l'escalier situé à droite de la rotonde abritant des WC et elle descendit sur l'esplanade de pierre faisant jonction avec le chemin de halage.

Didier l'attendait, le col remonté jusqu'aux oreilles. Il avait l'allure de Delon dans le film *Le Professeur* de Zurlini. Toutes proportions gardées, bien entendu. N'est pas Delon qui veut !

Il avait toujours eu cet air tourmenté d'artiste décadent qu'il n'était pas du tout. Se donnait-il un genre ou bien se laissait-il aller comme tant d'autres âmes solitaires ?

Il s'avança vers elle, le poids du monde sur ses épaules.

— Salut Miss ! dit-il d'une voix fatiguée sans même lui faire la bise.

— Excuse, Did, je suis en retard.

— Ce n'est rien. Il y a plus grave.

— Que se passe-t-il ? Tu avais l'air bouleversé au téléphone hier soir.

— Je l'étais.

— Parce que ?

— Viens, marchons un peu.

Didier lui prit familièrement le bras comme un

amant qu'il aurait pu être et ils s'engagèrent sur le môle, vers la mer.

— Gérard m'a appelé hier.

— Gérard ? Je croyais qu'il était encore aux Antilles !

— Il en est revenu depuis des mois déjà.

— Et qu'est-ce qu'il voulait ?

— M'annoncer qu'un policier est en train de fureter autour de notre affaire depuis quelques jours.

— Et alors ?

— Le policier en question est un grand flic. Il ne laisse rien au hasard et il a un taux de réussite qui flirte avec les records de la profession. Il est connu pour ça.

— C'est quoi son nom ?

— Il s'appelle Landowski.

— Ce nom ne me dit rien.

— C'est vrai. Toi, ton terrain de jeu se situe entre le Cap Lizard et le Cap Horn. A part ça…

— Peu importe après tout que je le connaisse, ce policier !

— Tu as raison. En tous les cas, il risque de trouver un lien avec Gérard. Et s'il y arrive, nous serons dans de sales draps.

— Je sais. La nuit où c'est arrivé, tu m'as traitée de conne parce que je l'ai accusé d'avoir tué un homme.

— J'ai dit ça sans penser à mal. On était dans une drôle de situation, tu t'en souviens ?

— N'empêche que je n'ai pas oublié. Et que je n'étais pas forcément d'accord quand tu disais que nous étions tous responsables.

Elle s'énerva.

— Merde, qui conduisait cette foutue bagnole ?

— Tu exagères ! Si un autre de la bande avait tenu le volant ce soir-là, l'accident serait survenu tout pareil ! C'est pour ça que j'ai dit que nous étions tous responsables.

— De la mort de l'homme en question, oui. Pour ce qui est de la femme, je ne suis pas du même avis. Pas du tout !

— Quand on a commencé à la poursuivre, la messe était dite !

— Tu l'as compris à ce moment-là, toi ?

— Non.

— Tu vois bien…

— Les autres savaient où ils allaient.

— Il fallait les empêcher de faire ça.

— Mais tu n'as rien dit. Tu t'es réfugiée dans la voiture !

— Je pensais que, toi, tu pouvais les arrêter.

— Seul ?

— Au moins essayer !

— J'étais abasourdi.

— Mais Did, tu les as laissés la tuer !

— C'est pour ça qu'on ne se voit plus ?

— C'est pour ça.

— Pour les autres, j'avais la réponse. Pour moi, je ne voyais pas pourquoi tu étais devenue si distante.

— Quand il s'agit de soi-même, c'est souvent comme ça. On voit ce qu'on peut, ce qu'on croit voir et, pour le reste, on passe un coup d'éponge. C'est moins dérangeant !

Elle prit un temps comme si elle voulait poser des choses.

— S'il m'arrivait malheur, promets-moi de tout balancer !

Didier n'eut aucune réaction comme s'il n'avait rien entendu.

Miss haussa les épaules et soupira discrètement. Elle regarda ailleurs avant de dire :

— Mais, de toute façon, on ne se serait pas mis ensemble. Tu le sais bien.

Didier rougit comme un collégien.

— On aurait pu être de vrais amis.

— C'est un peu tard, tu ne trouves pas ?

Ils reprirent leur marche interrompue vers l'extrémité du môle. Il leur restait quelques pas avant de l'atteindre.

— C'est tout ce que tu avais à me dire ? demanda-t-elle, une légère crainte dans la voix.

— Tu sais bien que non.

— C'est pire ?

— Les autres veulent qu'on boive une bonne bouteille, un de ces soirs. Comme avant !

— Pour quoi faire ?

— Pour se serrer les coudes et définir une stratégie commune.

Pour se protéger, elle usa de dérision. D'un air faussement enjoué, elle demanda :

— C'est quand prévu pour ?

— Mardi soir chez Jos Butun !

— Je viendrai.

Didier la regarda comme une bête curieuse.

— Qu'est-ce que j'ai dit de si étonnant ? Oui, je viendrai mardi soir pour les convaincre de tout raconter à ce policier. Tout cela n'a que trop duré. Il est temps d'avoir une attitude responsable. Ensemble.

Elle le regarda bien en face. Intensément. Comme une bouteille à la mer, elle lança :

— Tu seras clairement de mon côté ?

La réponse tarda.

— Ne fais pas ça ! dit-il enfin, comme on donne un conseil.

— Ne fais pas quoi ?

— Ne viens pas ! Ils n'ont plus qu'une seule solution.

— Laquelle ?

— Te tuer Miss, te tuer !

XVII

Landowski a une manie. Quand il est sur une affaire, il se met toujours en situation. Il se rend sur le lieu du crime à l'heure où celui-ci a été commis et il essaie autant que faire se peut de se retrouver dans les mêmes conditions. Un séjour à Quantico* lui a permis de s'initier aux techniques du profilage. Pour ne pas paraître trop chauvin, il s'est bien gardé de dire à ses homologues américains que certaines logiques qu'ils voulaient lui apprendre ne lui étaient pas étrangères.

Il aurait volontiers admis qu'il n'en connaissait pas tous les aspects mais il aurait soutenu mordicus qu'il en utilisait déjà certaines techniques. Comme celle de l'immersion.

Le jour allait se lever bientôt. La brume grise envahissait les abords du Goyen, donnant au lieu un petit côté étrange et pas forcément rassurant. Il n'y avait pas la moindre circulation.

Landowski gara sa voiture sur la droite en venant de Pont-Croix, à deux pas de l'aire de pique-nique. Il observa les lieux un moment. Juste à côté de la voiture, il remarqua un poteau électrique. Complètement

*Quantico est une base militaire en Virginie, elle héberge l'École du FBI, la police fédérale américaine.

à droite, il y avait d'autres poteaux, plutôt du genre à supporter des fils à linge. A côté d'eux, il vit qu'il y avait une poubelle. Sur cette rive, la berge était interrompue par trois emplacements cimentés comme dans un lavoir municipal. Un gros tuyau fixé au pont, enjambait la rivière. Il resta quelques minutes à regarder l'eau sombre qui, en aval de l'ouvrage, s'en allait vers la mer. Puis il éteignit les phares.

Il prit des bottes dans le coffre et il les chaussa, non sans peine. Il marcha vers le pont. Un petit vent venu de nulle part titillait ses oreilles rendues fragiles par la pratique intense de la plongée sous-marine au cours de son adolescence. Il s'arrêta au milieu du carrefour pour bien s'imprégner des lieux. Le panneau indiquait à gauche, Douarnenez à dix-sept kilomètres ; à droite, Mahalon à cinq kilomètres et Guilers-sur-Goyen à dix.

Alors qu'il était arrivé au milieu du pont, son regard fut attiré par une pancarte accrochée à un arbre sur la gauche. En s'approchant, il put voir qu'il s'agissait d'un règlement de pêche en rivière. A l'extrémité du pont, il prit, à droite, un petit escalier de rondins. Il faillit s'étaler. La première marche avait perdu son assise de bois. Il marcha sur la berge jusqu'à se trouver bien en face de sa voiture. Là, il stoppa. Il se dit alors que, selon les indications connues, il devait être au centre de la scène du crime. Ou à peu près.

Il eut une petite pointe d'émotion, voire de recueillement. Les affaires qu'il traite, même s'il s'agit de dossiers, concernent des gens qui ont vécu avant de souffrir et de mourir à cause de la bêtise sans fin des hommes. Il imagina cette jeune femme aux prises avec son destin. Le statut de victime n'est jamais facile à endosser.

La brume commençait à s'effilocher. Il s'engagea dans la zone plus marécageuse jouxtant la berge. Très vite, il comprit combien la progression de Maria avait dû être pénible. Ses bottes s'enfonçaient à chaque pas et, pour les extraire de leur gangue, il lui fallait soulever ses jambes avec effort. Compte-tenu des obstacles naturels et des trous d'eau, il fut contraint de louvoyer avant de trouver un semblant de terre ferme recouverte de roseaux. Puis il atteint la clôture d'une propriété.

Il s'agissait de trois lignes de fil de fer barbelé pointées sur des poteaux de bois par des cavaliers rouillés. Manifestement, le dernier entretien remontait aux calendes grecques. Des ronces montaient à l'assaut des piquets fendus par l'humidité et le gel. Le fil de fer était distendu par endroits. Il leva les yeux sur la propriété ainsi délimitée et c'est à ce moment qu'il vit la maison. Il longea la clôture sur une bonne centaine de mètres avant de trouver un angle. Il continua sa progression. Le fil de fer était remplacé par un muret lui-même prolongé par un haut mur. Enfin, il rejoignit la route.

Le portail de fer forgé était en partie affaissé. La façade de la maison était mangée par du lierre et la végétation semblait avoir conquis tous les espaces disponibles.

Maria ne pouvait pas avoir manqué cette maison au cours de son chemin de croix. Restait à savoir si les lieux étaient occupés le soir du meurtre. A vingt ans d'intervalle, Landowski se dit qu'il croyait au Père Noël ! Une enquête, c'est une enquête. Même s'il était là sans être mandaté par un juge en activité, il fallait bien qu'il avance. Il sonna à la porte.

Une eurasienne vint ouvrir. Elle était de petite taille. Elle avait des cheveux très noirs coupés au carré. Elle portait une sorte de costume noir à la chinoise. Il ne lui manquait plus que la casquette à étoile et le Petit livre rouge ! Malgré son maquillage soigné, Landowski constata qu'elle n'était plus toute jeune. Elle s'inclina légèrement puis, dans un français presque sans accent, elle lui demanda :

— Que puis-je pour vous, Monsieur ?

Il fut un peu décontenancé par tant de délicatesse. En bredouillant, il répondit :

— Je suis le commissaire Landowski. Je cherche des renseignements sur une affaire qui date de vingt ans. Pouvez-vous m'aider ?

— Je ne crois pas, non. Je suis désolée.

— Est-ce qu'il y a quelqu'un d'autre dans cette maison ?

— Oui, bien sûr. Le docteur Michel. C'est chez lui, ici.

— Est-ce qu'il accepterait de me recevoir ?

— Je peux vous mener jusqu'à lui.

Elle ouvrit la porte en grand et elle s'effaça délicatement pour le laisser passer puis le précéda dans un couloir sombre débouchant sur une pièce plutôt vaste qui faisait office de living.

Le décor en était impressionnant. Les murs étaient

encombrés de trophées de chasse. Des cornes de différentes espèces se succédaient comme dans un musée. Un singe empaillé occupait un angle de la pièce. A ses pieds, un immense cadre représentant la baie d'Along calé par des brodequins fatigués qui avaient dû goûter au désert. Plus loin, une vitrine regorgeait de livres et d'objets d'artisanat africain. Une lance et un bouclier Massaïs étaient suspendus au plafond. Sur une table, un petit creuset culotté comme une pipe très ancienne laissait s'échapper des volutes odorantes rappelant les fumeries de Macao.

Au centre de la pièce trônait un large sofa prolongé sur le devant par un amoncellement de coussins brodés qui semblaient sortis tout droit d'un conte des Mille et Une Nuits. Sur cette litière digne d'un de nos rois fainéants était installé un homme vêtu à la manière d'un mamamouchi.

D'une voix de baryton enrhumé, il lui dit :

— Bienvenue, mon cher maître. Que me vaut l'insigne honneur de votre visite céans ?

— Je suis le commissaire Landowski de Paris.

— Et moi, je suis le Grand Moghol… d'ici !

Il s'esclaffa. Landowski crut qu'il allait s'étouffer tant il prenait de plaisir à sa répartie. Puis il se mit à baver comme s'il entrait en crise. Ses yeux s'arrondissaient à mesure. Ils semblaient vouloir s'extraire de leurs orbites. Son souffle s'accéléra brutalement et sa poitrine fut secouée de saccades qui paraissaient douloureuses. L'eurasienne s'empressa auprès du docteur. Elle lui essuya délicatement la bouche puis lui fit boire une sorte de décoction contenue dans un bol à saké. L'ex-médecin se calma immédiatement puis il se laissa aller sur ses coussins et ferma les yeux.

— Voilà, Commissaire, dit la garde-malade. Vous ne pourrez pas en tirer davantage. Il n'est plus cohérent depuis quelque temps, surtout quand il est en crise.

— Il souffre de quoi ?

— Il n'a plus qu'un poumon. Les glaires l'étouffent lentement.

Elle marqua un temps d'arrêt avant d'ajouter :

— Si vous voulez bien l'excuser…

Elle raccompagna le policier dans le couloir très sombre jusqu'au seuil de la maison. Sans rien dire. Elle inclina la tête quand il passa la porte puis elle repoussa le battant à la manière des bonzes dans les temples. Lentement, elle se fondit dans l'ombre.

Cette visite laissa Landowski perplexe. Est-ce que le docteur Michel était chez lui, la nuit tragique ? Si oui, avait-il entendu quelque chose ? Vu quelqu'un ? Son état ne permettait pas d'envisager d'obtenir des renseignements précis. Le juge Brousse n'avait pas parlé de lui. Ni de cette eurasienne discrète et énigmatique qui semblait être le produit d'une rencontre entre une belle indochinoise et un marin breton.

Une fois revenu sur la route, le commissaire décida de remonter encore un peu plus loin. En marchant, il repensa à cette femme étrangère au service d'un vieil homme malade et désorienté. Curieux duo ou drôle de couple ?

Le chemin creux lui tendit les bras. Il ne pouvait pas le rater.

En imaginant la pérégrination de Maria, il se devait d'explorer cette piste.

Il arriva rapidement dans la cour de la ferme. Ici, Maria avait cherché du secours. A ce moment-là, il supposa simplement qu'elle avait pu passer par ce lieu avant de redescendre vers le pont. Il n'avait pas encore le moindre élément pour imaginer autre chose.

Landowski quitta la ferme pour emprunter l'autre chemin en direction du sous-bois. Naturellement, il suivit le sentier descendant le vallon. Il peina un peu devant des broussailles hostiles puis il arriva à un talus. La route de Douarnenez était juste derrière la levée de terre.

Il regarda au loin, en direction du pont. Avec tous ces arbres, il ne put l'apercevoir. Il passa le talus. En se tortillant comme un beau diable, il put accrocher un détail de sa voiture. Elle attendait auprès du petit pont. Tous feux éteints.

XVIII

Le noir lui allait si bien.

Elle referma lentement la porte sur ses secrets. Ainsi donc ce qu'elle espérait depuis ces vingt années était en train de se réaliser. Ce policier qu'elle n'attendait plus se lançait résolument sur les traces des meurtriers de cette pauvre Maria. Elle lui trouvait beaucoup de charme malgré une rudesse de premier abord qu'il semblait cultiver comme un jardin intime. Elle n'avait pas trouvé dans ses yeux les preuves tangibles d'un bonheur vivant. Même les souvenirs heureux ne semblaient pas y être légion. Elle avait remarqué qu'il avait au coin de l'œil une perle d'eau. Comme une larme toujours prête à couler.

Il se donnait du mal à renouer les fils de cette malheureuse affaire. Tel un éclaireur indien, il remontait la piste vers la source. Elle espérait son succès malgré toutes ces années passées. L'aube froide avait habillé de gris ce petit matin de mort. Le temps avait émoussé les passions et les souvenirs. Toutes ces choses qui font de la vie un oubli, un pardon ou une rédemption avaient refait l'histoire.

Pas pour elle.

S'il trouvait quelque chose, ce commissaire, elle finirait bien par l'apprendre. Il lui suffisait d'être très attentive aux informations comme aux rumeurs. Et, s'il y avait des noms sur une liste, elle parviendrait bien à s'en emparer sans vergogne pour se lancer dans une expédition punitive dont on parlerait longtemps dans la région. Pendant toutes ces années, elle avait imaginé un catalogue de raffinements cruels qu'elle destinait aux auteurs de ce crime odieux. Elle les avait puisés dans la grande tradition chinoise si prompte à faire de la torture un art de gouverner, voire une philosophie.

Souvent, elle n'avait pu s'endormir profondément que sur des images de suppliciés anonymes dont elle fouillait la chair avec des instruments de torture. Cela la soulageait. Elle n'en éprouvait pas de plaisir mais n'en ressentait pas la moindre honte. Elle savait qu'elle ne connaîtrait pas le remords. Elle espérait un simple soulagement avant de faire le choix de lâcher la rampe et rejoindre le néant.

Elle n'avait que faire des cancans et des donneurs de leçons. Elle aurait eu envie de leur parler de la parabole de la paille et la poutre. Pour mémoire. Et pour voir leur mine s'allonger comme ces jours sans amour qui s'éternisent dans la solitude. Elle assouvirait sa vengeance en rendant la justice puisque celle-ci avait été en dessous de tout. Elle regrettait amèrement de ne pas avoir tout fait à l'époque pour mener une enquête parallèle. Elle aurait eu plus de chance d'identifier les suspects et de les châtier à sa manière. Si elle était alors apparue comme coupable aux yeux de la loi, un jury populaire lui aurait certainement trouvé des circonstances atténuantes.

Aujourd'hui, sa peine accomplie, elle serait libre et soulagée. Ce n'était pas le cas. Tout restait à faire malheureusement et, si elle se mettait à tuer comme elle en avait bien l'intention, on stigmatiserait sa froide détermination et on ne badinerait pas sur les années de prison. Les jurés reconnaissent les pulsions passionnelles quand elles sont immédiates. Ils ne les admettent pas quand on attend vingt ans pour les exprimer.

De toute façon, il n'y avait plus grand-chose dans sa vie. Mais il lui restait ce tourment dont la marque indélébile lui vrillait l'entendement. Elle se devait à une cause. Elle avait un engagement à tenir. Elle avait une parole à respecter. Et tant pis si elle se prenait les pieds dans le tapis. Passer de l'offrande au sacrifice ne lui faisait pas peur. Elle s'y était préparée depuis bien longtemps et ce n'était pas la justice des hommes, défaillante au demeurant, qui pourrait la faire plier.

Il lui restait un peu d'honneur à mettre sur le devant de la scène. D'amour aussi.

Maria était sa demi-sœur.

XIX

Les énormes pales des éoliennes hachaient l'air grisé de Goulien. Landowski aurait avoué de bonne grâce qu'il était impressionné par ces mastodontes qui semblaient obéir docilement à la force du vent.

Le commissaire s'était garé sur l'aire permettant de s'approcher de la première éolienne. Il avait baissé sa vitre pour ne rien manquer du spectacle car il éprouvait l'étrange désir de se laisser envahir par ce bruit si caressant et tranchant à la fois.

Sans bouger, il observa longuement le mouvement gigantesque de ces pales. Celui-ci avait quelque chose d'effrayant et de fascinant pourtant. Il resta ainsi un bon quart d'heure scotché à l'entrée d'un rêve de lilliputien avant d'être sorti de sa torpeur par un coup de klaxon énergique. Une autre voiture venait de se garer près de la sienne. A l'intérieur, Isidore Merluchon lui souriait d'une manière ostensible.

Sur certaines enquêtes, il lui était arrivé d'avoir un second. C'est toujours utile pour se partager les recherches fastidieuses, le porte à porte ou la transcription des rapports à rallonge. Isidore l'avait accompagné à la poursuite d'un serial killer à Bénodet.* A

---

*Lire *Sables mouvants à Bénodet*, même auteur, même collection.

cette occasion, le lieutenant avait fait la connaissance de Stéphanie. Voire un peu plus. A la fin de l'enquête, les flics s'étaient séparés. Ils se retrouvaient ici. Parce que le premier avait eu besoin des services spécialisés du second. Parce qu'un flic peut toujours en cacher un autre sans crier gare.

Le commun des mortels aime croire que le policier débarque dans une enquête, la clope au bec, l'esprit embrumé de vapeurs d'alcool fort et qu'il va résoudre seul le problème en deux coups de gueule. La réalité n'a rien à voir avec cette image d'Epinal véhiculée par des kilomètres de pellicule au rabais qui hantent le petit écran en période de vacances. L'investigation exige de la collaboration et l'intervention de professionnels spécialisés. Aujourd'hui, la Police Technique et Scientifique donne des réponses à des questions qui n'auraient jamais été résolues par le simple flair d'un flic, aussi doué soit-il.

Landowski avait donc sollicité son collègue pour éclairer sa lanterne. Et surtout pour faire des recherches périphériques à l'enquête. La solution aux problèmes posés aux policiers se révèle souvent au détour d'une feuille de papier qui sommeille dans un dossier. Le tout est de découvrir que ce document est essentiel.

Isidore s'assit à côté du commissaire. Il avait claqué la portière un peu plus fort que nécessaire. Une manière bien à lui de dire bonjour à son supérieur.

Il avait toujours cette allure de Rouletabille qui le démarquait des flics d'aujourd'hui. Et cet éternel sourire accrocheur au coin des lèvres.

— Alors, Commissaire, on bat le rappel des troupes ? balança-t-il en guise de salut.

Landowski l'en dissuada immédiatement. Il n'était nullement question de rejouer un numéro de duettistes. Surtout que le commissaire était là sans mandat…

— Ne t'emballe pas ! Je n'ai pas besoin de toi sur place…

Le jeune policier perdit d'un coup son air rieur.

— Dommage, j'espérais.

Facile à imaginer que sa participation active à cette enquête aurait été à son goût. Être le second du commissaire divisionnaire Landowski ne pouvait que flatter tout flic animé d'une once d'ambition.

— Je voulais te voir pour qu'on parle de tout ça, reprit le commissaire. Ce que tu as trouvé, ce que tu en penses, tes conclusions. Je t'ai donné une mission.

— Dites, Commissaire, c'est bien vous qui menez l'enquête ou j'me trompe ?

Il insinuait, le bougre ! Le patron voulut faire preuve d'autorité. Marquer son territoire comme tout prédateur actif.

— Ne fais pas le malin. C'est moi qui drive.

— Holà, patron, je n'ai rien d'un canasson !

— Tu es lieutenant de police donc tu obéis.

— Bien Chef !

— Vas-y ! Balance la purée !

— Comme vous y allez, Chef !

— Qu'est-ce tu as trouvé ?

— Le juge Brousse était surnommé parfois "La Brousse" parfois L.A., à cause des initiales de ses prénoms. Il n'a pas laissé de souvenirs impérissables dans les crémeries judiciaires qu'il a fréquentées. Il avait la réputation d'un homme fantasque, individualiste voire dangereux pour ses collègues. Disons que les juridictions étaient contentes de le voir partir. Surtout qu'il a traîné son Irène derrière lui comme l'empereur son aide de camp. Encore qu'il ne devait pas en faire le même usage !

— Les mœurs de Rome ne nous regardent pas !

— N'empêche qu'elle faisait peur au personnel des tribunaux et chacun imaginait bien qu'elle ne manquait pas d'informer le juge des potins que distille toute équipe au travail. Grandeur et décadence de la justice française...

— Est-ce que tu connais un peu leur histoire perso ?

— J'ai su qu'ils s'étaient rencontrés sur un bateau dans le coin.

— Le juge m'a dit ça aussi.

— Ils ont été longtemps avant de se retrouver. C'est quand elle a réussi le concours de greffière qu'elle a remué ciel et terre pour que leurs affectations concordent.

— Un peu curieux ça !

— Ah bon ?

— Brousse m'a parlé de hasard pour leur première rencontre. Va savoir qui, plus tard, a recherché l'autre...

— C'est important comme précision ?

— Rien n'est anodin dans une enquête policière, Lieutenant ! Et ensuite, quel a été leur parcours ?

— Ils ont fait le tour de France des juridictions pourries. Brousse a remplacé au pied levé des tas de petits juges dont l'incompétence venait d'éclater au grand jour. Il a souvent tenté de restaurer l'exercice de la loi avant d'être déboulonné à son tour. Il a régulièrement refusé la médiatisation des affaires qu'il avait à traiter et, pour celles qui étaient déjà sur le devant de la scène, il a excellé dans la manière de les mettre sous le boisseau pour un bon moment. Avant d'aller jouer plus loin, comme un enfant terrible.

— Incompétent mais intègre ?

— Ou le contraire, c'est très difficile à évaluer dans son cas. C'est un brouilleur de pistes de première et sa greffière attitrée pouvait toujours lui être d'un grand secours. Surtout qu'elle était là pour tout. Absolument tout, si vous voyez ce que j'veux dire !

Isidore soupira avant de demander :

— Vous pourriez remonter votre vitre ?

— Je pourrais !

— Mais vous n'allez pas le faire ?

— Gagné, petit ! Le bruit te gêne, n'est-ce pas ?

— C'est lancinant !

— J'aime bien quand ça brasse. Mais ce n'est que du vent. Comme toute cette enquête d'ailleurs !

C'est vrai qu'à ce moment-là, il croyait ferme à ce qu'il disait. Vis-à-vis d'un subordonné à l'affût de ses traits de génie comme de ses faiblesses, il devait se ressaisir.

Il reprit :

— Et quoi d'autre ?

— Le juge est plutôt en mauvais état.

— Comment ça ?

— Physiquement s'entend ! Il a du diabète, il fait des allergies si monstrueuses qu'on pourrait le balader au bout d'une ficelle comme un ballon de gamin quand il se met à enfler. Il a des problèmes respiratoires…

— Alors qu'il fume des barreaux de chaise ?

— Il veut peut-être en finir plus vite. Y en a comme ça ! Et il pourrait bien faire des crises de palu !

Landowski n'en croyait pas ses oreilles.

— Il a ça aussi ?

— C'est possible. Il a fait plusieurs séjours prolongés en Afrique.

— Qu'est-ce qu'il y faisait ?

— Il aidait les peuples émancipés à instituer un état de droit !

— Et c'est Brousse qu'ils ont dépêché sur place pour faire ça ?

— C'était un jeune magistrat brillant. Rien de tel pour faire découvrir l'homme blanc sous toutes ses facettes à de jeunes servantes dociles.

— Là, tu racontes n'importe quoi, Isidore ! Ne donne pas dans les clichés éculés de l'Afrique coloniale rien que pour te faire plaisir. Tu as des preuves de ce que tu avances ?

Landowski l'avait mis en doute. Il se rebiffa, l'inspecteur Merluchon.

— Je n'ai pas dit ça au hasard. Ses débordements affectifs coloniaux sont connus de son administration de tutelle. Lui-même n'en a pas fait mystère avant de se mettre en ménage avec Irène.

— Il y a eu des plaintes contre lui ?

— Non. Simplement des rumeurs persistantes. Quand il s'est fait trop pressant et trop assidu, on l'a muté.

— Pourquoi ne pas le faire rentrer en métropole ?

— Le juge œuvrait secrètement pour le Secrétariat d'État aux Affaires Africaines !

— Et il en est sorti indemne de ses turpitudes ?

— A peu près. Sauf…

— Sauf quoi ?

— On dit qu'il a failli…

— Qu'est-ce que tu veux dire ?

— Il y a eu un incendie près de chez lui en Casamance. Quelqu'un était enfermé dans la maison qui commençait à brûler. Une femme blanche qui aurait pu être sa mère. Il est resté dehors sans lever le petit doigt.

— Tu veux dire qu'il n'a pas tenté de la sauver ?

— On n'en sait rien exactement. Paraît qu'il aurait beaucoup hésité. Quand d'autres voisins sont arrivés sur les lieux, il aurait voulu y aller. C'était trop tard. Le feu avait tout envahi. Ils l'ont empêché de s'immoler inutilement.

Landowski ne voyait pas bien le problème.

— On lui a reproché ça ?

— J'vous dis qu'on ne sait pas bien ce qui s'est passé. S'il y était allé avec courage, il y serait probablement resté. Certains ont dit qu'il aurait dû tenter quelque chose plus tôt. D'autres ont dit qu'il n'était pas mécontent que la vieille parte en fumée et qu'il n'avait pas bougé pour cette raison précise.

— Ils se connaissaient ?

— Oui mais le juge ignorait superbement la vieille dame. Elle était, à ce qu'on dit, l'archétype de la colonialiste. A l'opposé de la mission du juge.

— Quelques secondes d'hésitation ont pu suffire à faire croire qu'il se vengeait de quelque chose. Difficile d'être un héros…

— Surtout mort !

— Et ensuite ?

— Il est descendu plus au sud avant de rentrer en métropole à la suite d'une maladie tropicale qui l'a beaucoup secoué. Il n'est plus reparti.

— C'est ça ton histoire de malaria ?

— Quézaco ?

— Paludisme, si tu préfères !

— Faudra lui demander ! Je ne fais pas dans le médical, moi ! Je ne suis qu'un misérable lieutenant de police.

— Arrête ton cirque, Isidore. Là, tu me rejoues la septième compagnie !

— Moi, quand je me marre, je ne juge pas. Pas vous ?

Landowski ne voulut pas rebondir.

— Il a eu une affectation rapidement ?

— Non, il est resté à la disposition du ministre. Il a effectué des missions ponctuelles "zé" occultes. Il a brillé dans des cocktails au bras d'irrégulières tarifées. Il a donné un tas de conférences. C'est comme ça qu'il a rencontré Irène.

— Je croyais qu'il l'avait rencontrée sur le bateau sa grenouille ?

— C'était ! Brousse est venu à Quimper pour participer à un colloque sur le thème “Droit et colonisation”. Une balade à l'île de Sein était au programme.

— Et ils se sont perdus de vue !

— Elle a su le retrouver ! Et quand il a pris sa retraite, elle a fait de même. Elle l'a ramené ici. Elle est originaire du coin. En échange, le juge a fait venir sa vieille mère. On dit que la cohabitation a été très difficile. Mais le problème a été rapidement résolu. La vieille dame a calanché au bout de quelques mois. Des fois, le changement de climat…

— Et depuis ?

— Ils vivent en reclus la plupart du temps. Irène a encore une parente dans le coin qu'elle visite de temps en temps. Le juge écrit des bouquins de droit qui sont totalement illisibles pour le commun des mortels. Peut-être même pour les légalistes intellos. Et ils ne reçoivent personne.

— Est-ce que tu as pu savoir pourquoi il s'est tourné vers moi pour cette enquête discrète ?

— Pourquoi ? Je n'en sais rien.

— Dis-moi comment, si c'est tout ce que tu as en magasin.

— Il a fait faire des recherches par un fonctionnaire qui a été en poste à Dakar avec lui. Une espèce de pote peu recommandable qui a trafiqué pendant ses loisirs. Les armes, les comptes de campagne, les affaire d'état… C'est bien simple ! Dès qu'il y a un truc sur l'Afrique aujourd'hui, son nom est cité. Ce mec a dégoté un commissaire désœuvré. En délicatesse avec son administration de tutelle.

— C'est des bobards, ça !

— On entend dire dans le Landerneau policier que…

— Des conneries ! Et alors ?

— Il a sauté sur l'occasion.

— Pure opportunité à ton avis ?

— Je ne dirais pas ça ! Brousse ne laisse rien au hasard.

— Est-ce que tu as pu trouver quelque chose du côté du dossier de Maria B. ?

— Il a bien fait sortir le dossier et il en a fait faire une copie complète et non enregistrée par le Boîteux.

— Il est toujours aux Sommiers, Francis ?

— Vous le connaissez ?

— Pardi ! C'était un jeune gardien de la paix plein d'avenir quand il a pris une balle dans le genou. C'était Quai de la Râpée, je crois bien. Son histoire a servi de support de cours à l'École de police quand j'y étais. Alors qu'il était bien amoché le Francis, il a pu sortir son arme, rouler de côté et abattre un braqueur qui menaçait une jeune femme et son bébé. Il a été décoré pour ça. Il était encore en fauteuil roulant quand le ministre lui a épinglé la breloque. Il a fini par remarcher avec un genou en quincaille ! Il ne pouvait plus reprendre du service dans un commissariat. On lui a trouvé cette place de rat de bibliothèque.

Landowski s'arrêta de parler comme un ancien combattant dont le récit des épisodes courageux n'intéresse plus personne.

Isidore le regardait fixement.

— Tu as quelque chose à me dire ? demanda le commissaire.

— Deux !

— Une bonne et une mauvaise nouvelle comme on dit ?

— Si on veut !

— Accouche !

— La bonne, ce serait que la demande de copie faite par Brousse date de trois mois au minimum.

— Tiens, tiens… Et la mauvaise ?

— Le dossier original a disparu.

XX

Didier arriva en avance à Pont-Croix. Il gara sa voiture un peu plus loin que la mairie, le long du mur en pierre séparant la place du parking. Il quitta discrètement son véhicule, traversa la chaussée et se dissimula dans l'amorce d'une petite venelle située sur la droite. Au temps jadis, il y avait là une échoppe d'artisan. Un auvent protégeant de la pluie et du vent avait surplombé l'entrée du modeste commerce pendant des décennies avant de se fatiguer. Toute activité avait disparu mais les pièces de bois qui avaient supporté une couverture d'ardoises subsistaient tant bien que mal. Si cette vitrine où un chat somnolait avait eu une vue sur la mer, les vestiges d'une époque révolue auraient été l'objet d'une opération de rénovation conduisant à une belle plus-value. C'est dans cette encoignure que Didier parvint à se cacher.

De son poste d'observation, il embrassait la place et pouvait ainsi suivre les rares mouvements. Passé neuf heures du soir, tout était calme. Comme dans bien des villes, quelques soiffards attardés regagnaient leurs véhicules avec une certaine hésitation dans la démarche. Leur harangue de comptoir n'allait pas peser lourd devant l'épouse courroucée de voir rentrer un mari saoul perdu.

Didier pouvait rentrer dans l'état de son choix. Personne ne l'attendait. Même pas un animal de compagnie à nourrir et à caresser pour garder le sentiment d'avoir encore une raison d'être. Personne à part le silence, plus noir et plus cruel à l'intérieur.

Chez Jos Butun, la salle attenante au bar était éclairée. Le midi, le lieu servait de restaurant ouvrier, bon et pas cher. Le soir, celui-ci ne fonctionnait que sur commande. Parfois, il y avait l'assemblée générale d'une association du coin ou la fête des quarantenaires et plus. Ce soir-là, la salle était libre. Gérard arriva le premier. Il se gara au milieu du parking comme s'il était le propriétaire des lieux puis, à grandes enjambées nerveuses, il marcha vers le café-restaurant situé discrètement en retrait dans un renfoncement coupé en sifflet. Avant d'y entrer, il se retourna et observa les alentours comme un hors-la-loi inquiet. Il avait à peine refermé la porte derrière lui qu'arrivèrent les deux exécuteurs de Maria. Ils n'avaient pris qu'une voiture. Enfin, Miss se pointa dans sa petite voiture de sport d'un modèle ancien. A la manière de Pénélope. Elle en sortit rapidement comme une personne très décidée. Elle portait son éternel pull marin et un jean délavé qui mettait en valeur ses hanches bien faites. Didier ne s'en émut pas. Il alluma une cigarette et décida de se faire attendre encore un peu. Était-ce dû au tabac ce goût amer qui lui envahissait la bouche ? Quand il poussa enfin la porte de la salle réservée pour le groupe, il entendit un soupir collectif de soulagement. Soulagé, lui ne l'était pas. Il aurait voulu être à cent mille lieues de là.

— Quand on dit une heure, on s'y tient ! maugréa Gérard en taquinant un cendrier de réclame avec sa chevalière.

Ils s'étaient installés loin des fenêtres sous un cadre où une bergère à l'air candide gardait des moutons hilares. La toile cirée à carreaux rouges et blancs correspondait parfaitement à l'ambiance du lieu. Les bouteilles de vin du Père Machinchose, alignées comme à la parade, attendaient le client. Ils étaient dans un modeste commerce tenu par des braves gens et fréquenté par des travailleurs manuels pour la plupart.

Rien à voir avec une brasserie de la côte encombrée de faux nantis à la recherche de fausses blondes tout aussi fauchées que les chasseurs de chair fraîche. Ici, loin des lampions factices des établissements à la mode, il y avait un petit bistrot où le temps ne passait pas plus vite les jours d'affluence.

Le patron apporta une bouteille de vin pétillant à étiquette noire et s'éclipsa discrètement.

— Qu'est-ce qu'on fête ? demanda Miss d'un air faussement enjoué.

— Nos retrouvailles ! claironna Gérard en saisissant la bouteille. Il y a bien longtemps…

— Tu parles ! laissa tomber Didier en ricanant.

— Tu as raison, reprit Gérard d'une voix plus posée. J'ai voulu qu'on se voie.

Il se pencha en avant comme pour se donner des allures de comploteur avant de continuer sur le ton de la confidence :

— Il y a un flic qui furète dans le coin.

— En quoi ça nous regarde ? demanda l'égérie du groupe en se passant la main dans les cheveux pour les relever.

— Il s'intéresse de près à notre histoire, rétorqua Gérard.

— Qu'est-ce qu'il peut trouver, vingt ans après ? demanda Didier l'air dubitatif.

Gérard avala un verre de vin pétillant d'un coup de coude leste et précis. Les deux bourreaux restaient silencieux mais ils semblaient d'accord avec tout ce qu'il disait. La joute oratoire se faisait entre le chauffard et son ancienne compagne. Didier pouvait servir d'arbitre à l'occasion. Drôle de drame.

Gérard reprit :

— A force de chercher, ce flic va finir par trouver.

— Trouver quoi ? s'insurgea Miss. Que tu conduisais la voiture cette nuit-là ?

— Par exemple !

— Et que ces deux-là…

Elle les montra du doigt avant de terminer sa phrase.

— …Ont noyé cette pauvre fille ?

— Quelqu'un finira bien par le leur dire…

La femme regarda les hommes un à un. Puis elle se lança :

— Et pourquoi pas ?

— Qu'est-ce que tu dis ? éructa Gérard.

— Je dis qu'on pourrait en parler à ce policier. Vous n'en avez pas assez de traîner ce boulet derrière vous ? Il y a presque vingt ans que cette affreuse chose est arrivée. L'anniversaire de ce jour maudit approche.

— Justement, insista Gérard, laisse donc passer la prescription !

— C'est beau comme comportement ! J'ai bien fait de rompre avec toi ce jour-là !

— Les autres ne disent rien… fit remarquer Didier.

“Les autres” regardaient devant eux comme des zombies. L'importance du sujet et le poids du souvenir leur bouffaient-ils l'entendement ? Ou toute autre réflexion ?

— Dites quelque chose ! exigea la femme.

Il y eut comme un flottement palpable. Didier en profita pour remplir les verres d'une main hésitante. En levant le sien, il rentra dans le jeu.

— Je suis d'accord avec Miss, dit-il avec simplicité.

Et il reposa son verre sans le boire. Les deux exécuteurs saisirent le leur comme dans un numéro de duettistes bien réglé. Didier donna un coup de menton dans leur direction comme pour susciter leur avis. Les deux hommes se tournèrent vers Gérard puis ils baissèrent les yeux d'une manière ostensible.

— Tu vois, constata Didier, ils sont d'accord…

Gérard les toisa successivement. Ils acquiescèrent d'un mouvement de la tête. Toujours sans un mot.

— Il ne reste plus que toi ! dit Miss à Gérard.

Celui-ci se leva brusquement comme mû par un ressort. Le regard noir dirigé vers la seule femme du groupe, il s'enflamma :

— Ce sont tes manigances tout ça. Aujourd'hui encore, tu arrives à me pourrir la vie ! C'est facile, hein ! Tu as regardé pendant que d'autres se salissaient les mains pour toi !

Miss ne s'en laissa pas conter.

— Pour moi ? Mais tu prends tes rêves pour des réalités, mon petit vieux. L'homme dans la voiture, ce n'est pas moi qui l'ai expédié au fossé pour qu'une branche l'embroche. Ensuite, c'est toi qui as poussé les autres en leur foutant la trouille. Personne n'avait rien fait de mal avant qu'on commence à lui courir après. A part toi !

— Le copain de la femme était déjà mort à ce moment-là, je te signale !

— Ce n'était encore qu'un accident. Grave, mais un accident !

— J'aurais payé le prix fort vu ce qu'on avait bu…

— Ce que TU avais bu !

Gérard se voûta légèrement. Il se rassit lentement tandis qu'un silence palpable prenait possession de l'espace. Le regard de Miss erra de visage en visage puis elle ferma les yeux en les serrant bien fort avant de les écarquiller comme si, tout à coup, elle avait vraiment besoin d'y voir clair. Brusquement, elle se leva et elle bouscula sa chaise. D'un pas vif, elle gagna la porte qu'elle ouvrit toute grande. Comme au théâtre, elle se retourna vers les quatre hommes qui n'avaient pas quitté la table.

— Vous êtes vraiment trop cons ! leur lança-t-elle avant de claquer la porte derrière elle.

XXI

Landowski avait envie de s'entretenir en tête-à-tête avec le juge Brousse.

Une fois le repas du soir expédié vers leurs sécrétions gastriques respectives, il balança une simple phrase pour le ferrer à coup sûr.

— Vous m'avez menti, Monsieur le juge.

Il ne bougea pas d'un poil, l'animal ! Il regarda son interlocuteur à la manière d'un chat qui surveille le poisson rouge qui tourne inlassablement dans le bocal.

Il avança sa lèvre inférieure dans une mimique à la Charles Vanel.

— Oh, oh, Commissaire ! Comme vous y allez !

Il se leva comme un pachyderme qui doit se rendre au point d'eau pour une simple question de survie et entraîna le flic vers son bureau.

Une fois installés tous les deux face à face dans ce jeu de pouvoir, le commissaire expliqua :

— Le dossier de l'affaire Maria B., vous l'avez extrait des sommiers il y a trois mois.

— Exact et incorrect à la fois, Commissaire ! Je n'ai toujours parlé que de copie du dossier si vous voulez bien vous en souvenir !

— Mais, si copie il y a, vous la détenez depuis bien longtemps. Je veux dire bien avant que vous receviez cette lettre anonyme. Je ne crois pas que c'est exactement ça que vous m'avez dit…

Le juge ne se démonta pas pour autant. On aurait même dit qu'il jubilait intérieurement de ce jeu de cache-cache.

— Si vous ne l'avez pas compris de cette manière, j'avoue avoir été imprécis.

— Je pense quant à moi que vous l'avez fait sciemment.

Il sourit légèrement sans dévoiler ses dents jaunies par les abus divers.

Il proposa une explication :

— Peut-être, peut-être ! C'était plausible de s'affoler un peu en lisant cette lettre anonyme. Rien de tel pour vouloir rechercher alors tous les éléments pouvant éclairer la situation. Et le dossier en était le meilleur endroit, convenez-en !

— Mais ce n'est pas ce que vous avez fait ! Vous aviez le dossier en main depuis belle lurette ! Bien avant de recevoir cette lettre anonyme !

Le juge ne laissa pas passer.

— La copie, Commissaire, seulement la copie !

Landowski laissa passer du temps pour tenter de le mettre mal à l'aise suite à cette affirmation. Peine perdue, le juge Brousse n'était pas né de la dernière pluie. Et le commissaire commençait à s'en apercevoir.

Il balança une autre carte.

— Le dossier original a disparu, vous le saviez ?

— On m'en a informé, oui ! Le fond du problème n'est pas là.

— C'est à voir mais laissons ça pour l'instant. Ce qui m'interroge c'est votre besoin d'avoir ce dossier en main bien avant d'y être mêlé ! Il faut avoir un sacré don de divination.

— Encore inexact, Commissaire. Vous oubliez que j'étais dans les parages au moment même où l'affaire s'est déroulée. J'ai quitté le Finistère le jour où Maria B. a été retrouvée morte !

— Justement ! Qui donc a prévenu la gendarmerie de la présence d'un cadavre dans le Goyen ?

— Le dossier, sa copie, excusez-moi, ne fait état que d'un coup de fil reçu le matin du drame. Quelqu'un qui n'a pas laissé son nom. Un pêcheur à la ligne probablement.

— Pourquoi n'a-t-il pas appelé les pompiers ? C'était un accident, non ?

— Mystère et boules de gomme, Commissaire ! Peut-être que cet homme n'avait pas intérêt à ce que l'on sache qu'il rôdait par là à cette heure… Peut-être qu'il voulait tout simplement qu'on lui foute la paix… Que sais-je moi ?

Dehors, le ciel prenait une couleur ardoise. La nuit approchait insidieusement.

Landowski tenta autre chose.

— Ainsi, Monsieur le juge, vous avez sévi en Afrique ?

— Alors vous savez ça aussi ? répondit Brousse, une pointe de fausse lassitude dans la voix.

— Vous avez voulu que j'enquête…

— Je ne vous le reproche pas.

Il se vissa un cigare au coin de la bouche avant de continuer :

— J'ai passé des années superbes en Afrique. Les paysages sont beaux et les femmes magnifiques. Et quand vous êtes du bon côté du manche, vous pouvez jouir des unes en admirant les autres. Mon goût pour les belles choses doit être noté quelque part dans mes états de service, si je ne m'abuse.

— La vie n'est pas faite que de moments idylliques, même sous les tropiques…

— Vous avez raison, Commissaire. Il y a sur le continent noir des centaines de maladies contagieuses dont la moitié sont mortelles.

— Vous évoquez le paludisme ?

— Entre autres cochonneries des tropiques ! La malaria, c'est quelque chose d'incroyable au début. Vous passez dans un monde flou où tout est difficulté et souffrance. Tout vous dérange, surtout la lumière. Ensuite, vous entrez dans une période de froid intense où les frissons et les tremblements semblent vouloir vous arracher la peau et la chair. Et vous sombrez comme un navire perdu à l'intérieur de vous-même. Plus tard, quand vous sortez de la crise, il ne reste rien de vous… Vous êtes dans un épuisement total, moral et physique. Dans les zones humides et marécageuses, il n'était pas rare de tomber sur une épidémie de paludisme à cette époque… Aujourd'hui d'ailleurs, ce n'est pas très différent… Enfin, je le crains.

— Et vous avez eu personnellement à en souffrir ?

— A cette époque en Afrique Noire, rares étaient les Blancs à ne pas trimbaler un miasme quelconque !

— Surtout que vous aviez la bougeotte…

Le juge se mit sur la défensive.

— Comment ça ?

— Je voulais dire que vous avez eu différentes affectations durant cette période.

Le magistrat tenta de se justifier.

— J'ai obéi au gouvernement !

— Plus tard, vous n'avez pas eu envie d'y retourner ?

— Une fois rentré au bercail, je n'ai plus ressenti l'appel incessant de l'Afrique. Certains vous font un discours dithyrambique sur le sujet. Ce n'est pas mon cas. Il faut croire que je ne n'y étais pas très attaché !

— Tout à l'heure, vous disiez…

— Que j'ai de superbes souvenirs, c'est tout !

Il regarda Landowski de sa façon bizarre.

— Mais vous n'ajoutez rien ? demanda-t-il.

Le policier feinta :

— Sur quoi ?

— Voyons, Commissaire. Il y a bien une odeur de cendre qui traîne quelque part dans ma biographie et, avec votre flair, elle ne vous a pas échappé !

— Vous voulez parler de cette vieille dame…

— Tut, tut ! C'est moi qui vous en parle. Elle ressort toujours à un moment ou à un autre, celle-là. Aujourd'hui, je prends les devants.

— Je ne vous ai rien demandé.

— L'art en politique c'est de répondre aux questions qu'on ne vous a pas posées et, surtout, de ne pas répondre aux autres !

— Et alors ?

— Je vais vous faire une confidence fondée sur l'observation personnelle. C'est fou comme les vieux rideaux s'enflamment bien, commissaire Landowski !

XXII

La place était déserte.

Il y avait bien eu cette altercation entre Miss et un groupe de jeunes. Ils étaient en train de faire du gymkhana entre les rares voitures garées au moment où elle avait quitté le restaurant.

Ils avaient profité de son arrivée providentielle pour tourner autour d'elle en pétaradant. Il avait suffi que le reste de l'équipage sorte dans la rue pour faire fuir la bande.

C'est Gérard qui s'approcha le premier.

— Miss, reviens, quoi !

— C'est de ta faute tout ça ! dit-elle en secouant la tête.

Gérard s'avança encore mais plus lentement cette fois, comme s'il avait peur qu'elle s'en aille sans demander son reste. Les autres s'arrêtèrent à quelques encablures.

Il tenta une explication :

— C'était un coup du sort !

Elle eut un geste de colère.

— J'en ai assez de ces mensonges ! dit-elle en assénant les mots.

Gérard essaya de faire amende honorable :

— Les autres m'ont fait comprendre…

Miss se déplaça dans l'espace comme un mannequin sur les planches. Gérard en eut la gorge sèche. Dire qu'il l'avait tenu sous lui au point de l'entendre demander grâce alors qu'il était lui-même prêt à le faire.

Il ne pouvait plus revenir en arrière.

Avec un sens inné de la présence, elle réagit violemment :

— Comprendre quoi, bon sang ? Il n'y a rien à comprendre ! Il faut qu'on arrête nos conneries avant qu'il ne soit trop tard. Imagine un peu que ce policier finisse par découvrir le pot aux roses. Nous serons tous dans de sales draps et, tu le sais bien, tout le monde n'a pas la même responsabilité dans ce qui s'est passé. Toi, tu avais bu et tu as perdu le contrôle de la voiture. Tu n'as pas tué volontairement !

— Tout à l'heure, tu m'accusais…

— Tu as fait de graves erreurs mais la mort du conducteur de la voiture d'en face est accidentelle. Tu ne lui as pas planté un pieu dans l'œil !

— Mais pour les autres ?

— Chacun sa merde !

Gérard fit signe aux autres d'approcher. Ce qu'ils firent lentement.

— Je suis d'accord pour aller chez les flics ! dit-il assez cyniquement.

Un démon passa. Difficile de dire “un ange” dans de telles circonstances.

— Avant ça, intervint Didier, il faut qu'on soit bien d'accord entre nous sur l'implication de chacun dans cette affaire.

— Qu'est-ce que tu veux dire ? s'enquit l'un des bourreaux. Tu as envie de nous faire porter le chapeau ou quoi ?

— Pas du tout ! répondit-il hypocritement. Avant d'aller tout raconter aux gendarmes, je répète qu'il faut qu'on se mette d'accord sur une version commune. Ensuite, chacun prendra l'engagement de ne pas y déroger. Inutile de charger la barque de ceux qui vont être plus exposés.

— On ne va pas rester là à discuter, reprit Gérard. Les habitants vont éteindre leur télé et ouvrir leurs fenêtres pour tenter de suivre notre conversation.

— Alors allons sur les lieux ! décida Miss. Dans une seule voiture.

Là encore, un démon passa. Décidément, il ne chômait pas.

— On prend la tienne, Gérard ? proposa Miss.

— Vraiment ? répondit celui-ci. Tu y tiens à ta reconstitution ?

Tous les cinq, ils s'engouffrèrent dans la berline neuve de l'ancien spécialiste des voitures anciennes.

— C'est fini les vieux tacots ? plaisanta le deuxième exécuteur.

— Les voitures récentes posent moins de problèmes, répondit Gérard. Avec une bagnole comme celle-ci, rien ne serait arrivé.

Miss était assise à côté de lui. Elle le regarda en coin et soupira discrètement. Quel gâchis !

Gérard conduisit prudemment comme s'il voulait absolument que ses ex-amis s'en aperçoivent. En fait, il sentait une sorte de fourmillement dans ses doigts.

Il était à la croisée des chemins. Tout cela était trop bête mais il était décidé à aller jusqu'au bout.

Il stoppa la voiture sur la droite à quelques centimètres du poteau électrique. Dans son souvenir, il était à l'endroit exact où il s'était arrêté, vingt ans plus tôt.

— Nous allons nous mettre en place comme l'autre fois, nous sommes bien d'accord ? dit-il d'une voix qu'il espérait ferme et décidée.

— Pourquoi ne pas discuter ici et en finir ? proposa Didier, une pointe d'inquiétude dans la voix.

— On ne peut pas, tu le sais bien, répondit Gérard. Il ne faut léser personne.

Il regarda dans le rétroviseur. Didier était assis entre les deux bourreaux.

Il baissa la tête comme s'il acceptait une sentence qu'il sentait poindre comme un nuage noir dans un ciel serein.

Miss sortit la première.

— J'étais là, dit-elle en appuyant les fesses sur l'aile droite de la voiture.

— Vous, vous faites le tour, ordonna Gérard aux duettistes.

La nuit commençait à tomber. Didier se traîna vers la table de pique-nique tandis que Gérard s'approchait du bord de l'eau. Les deux autres firent le tour par le pont et longèrent la berge sur quelques mètres.

— Entrez dans l'eau ! commanda le maître de cérémonie.

— Tu charries, mec ! renâcla un des hommes. Ça suffit comme ça !

— Y a rien de fait si on en reste là, rétorqua Gérard, un brin menaçant.

— Bon, bon, accepta l'homme de mauvaise grâce.

Et il invita son collègue à l'accompagner au milieu du cours d'eau.

— Il manque quelqu'un forcément… ironisa le deuxième larron.

Gérard se tourna vers Miss et lui demanda :

— Tu veux bien y aller ?

Pour balayer les réticences légitimes qu'il était certain d'entendre, il ajouta :

— Y en a juste pour une minute !

Miss ravala les protestations qu'elle allait lancer et se redressa en se passant la main sur les fesses comme si l'aile de la voiture avait été poussiéreuse.

Elle s'avança vers la rivière.

— Je ne fais pas le tour, expliqua-t-elle.

Elle passa entre le conducteur et Didier.

— N'y va pas ! dit ce dernier en parlant entre ses dents.

Les contours de la rivière commençaient à être flous. Miss s'approcha du bord. Elle n'enleva pas ses chaussures. Elle ne releva pas son pantalon et elle descendit dans l'eau d'un geste décidé. Elle fit quelques pas en avant.

— Je crois que c'était là, dit-elle simplement.

Elle regarda un à un ses compagnons. Ils étaient immobiles, comme pétrifiés dans une scène jouée par des statues de plâtre.

Les souvenirs remontaient en vagues et les battements du cœur faisaient mal.

Elle fit quelques pas dans la direction opposée au pont et elle se retourna pour faire face au courant. Ainsi, dans la pénombre qui se faisait envahissante, elle pouvait voir les quatre hommes de sa vie.

— Parce que vous avez cru que je marchais dans votre combine minable ? lança-t-elle.

Ils ne bronchèrent pas.

— Pas un seul instant, pas un d'entre vous, vous n'avez réellement voulu vous dénoncer. Vous avez trop la trouille au ventre. Vous êtes coupables de la mort d'une femme. Et vous êtes prêts à recommencer ce soir. Vous me dégoûtez !

Didier s'approcha de la berge. Il mit les pieds sur les blocs de ciment prévus pour les lavandières.

— Sors de là, Miss ! La plaisanterie a assez duré !

— Une plaisanterie ? Tu participes à tout ça, mon pauvre vieux ! Tu ne pourras pas t'en laver les mains. Nous en sommes là. Tu as signé un pacte avec les loups ! Je te plains.

Didier protesta :

— Ce n'est pas vrai ! Je viens te chercher !

Il descendit dans l'eau. Du coup, les deux exécuteurs de Maria firent un pas pour converger vers sa doublure. Il y eut un moment de flou, un no man's land où le bien et le mal s'affrontèrent violemment.

Miss prit peur.

— C'est toi qu'ils ont choisi pour la sale besogne, hein ? dit-elle à Didier qui accéléra sa progression.

Miss fit un pas en arrière. Elle trébucha. Elle perdit pied. Ses yeux s'agrandirent brusquement. Elle ouvrit la bouche pour hurler sa détresse et sa haine.

Aucun son ne sortit de sa gorge. Ses bras brassèrent le vide comme un pantin désarticulé que l'on secoue à l'envers. Elle tangua à nouveau comme un ivrogne. Elle se pencha en avant pour tenter de retrouver un équilibre qui lui échappait inexorablement. Puis son pied gauche glissa sur un caillou du fond de la rivière et elle bascula en arrière.

L'eau sombre du Goyen se referma sur elle comme un linceul.

XXIII

Landowski entra dans la cuisine. Il pensait devancer le juge, comme d'habitude. Un relent de fumée de cigare lui prouva le contraire. Le juge Brousse disparaissait derrière l'un des journaux locaux qu'il avait ouvert tout en grand. Il le tenait plus haut que la normale comme s'il était en train de lire un article de bas de page. Une fumée bleue montait en volutes au-dessus des feuillets comme des signaux indiens.

— Bonjour Commissaire, dit le juge d'une voix enjouée.

Il plia le journal sur un côté sans le poser.

— Vous avez lu les nouvelles ? demanda-t-il.

— Comment voulez-vous ? répondit Landowski. Elles sont entre vos mains !

— Eh bien ! Je vais les partager avec vous.

— Parce qu'il y a quelque chose d'important dans ce canard ?

— Il y a…

— Et cela concerne l'affaire qui nous préoccupe ?

— Gagné, Commissaire !

— Mais encore…

— Je sens votre impatience. Je dois vous dire que ce qui est arrivé l'autre soir relance l'enquête. Personne n'aurait imaginé ça ! C'est mieux qu'un roman, mieux qu'un film. C'est la preuve que le déterminisme mène le cours des choses !

— Est-ce que nous sommes là pour parler philosophie ?

— Certes non, Commissaire. Les faits, toujours les faits. C'est ce que vous voulez qu'on examine en bon pragmatique que vous êtes, je parie ? Vous allez être servi, je vous en fiche mon billet !

Landowski s'assit en soupirant bruyamment. Il n'affectionnait pas du tout ces circonvolutions de style qui ne menaient à rien. Selon lui.

Il manifesta son impatience.

— Monsieur le juge !

— Voilà, j'y arrive. Pas la nuit dernière mais la nuit avant, il s'est produit un accident bizarre.

— Vous avez dit bizarre ?

— Vous vouliez que je sois sérieux, Commissaire ! Une femme s'est noyée dans le Goyen tout de même !

— Vous avez dit accident ?

— Peut-être un peu plus. Le drame s'est passé à l'endroit même où Maria B. est morte, il y a vingt ans. Excusez du peu !

— Deux cadavres avec un si long écart de temps, ce n'est pas une série…

— Vous ne m'ôterez pas de l'idée qu'il y a là un coup de pouce du destin. Ce drame se pose comme un anniversaire, voire une commémoration.

— Comme vous y allez ! On ne sait rien des circonstances, je suppose ?

— Bien sûr que si ! L'enquête bat son plein depuis lors. Ils étaient cinq amis. Ils ont bu un verre ou deux dans un café-restaurant de Pont-Croix. Au moment de séparer, la seule femme du groupe est sortie la première. Un peu rapidement, semble-t-il. Sur le parking, elle a eu une altercation avec des jeunes qui l'ont importunée. Elle s'est dérobée et, en quelque sorte, elle a pris la fuite. Ses amis sont sortis du café à leur tour. Ils ont eu comme une sorte de prémonition et ils se sont mis à la chercher. Au bout d'une heure, ils ont retrouvé la voiture garée à côte du petit pont. Leur camarade n'était pas à l'intérieur. Ils ont craint le pire. Ils ont arpenté les berges pour inspecter un tronçon de rivière et ils l'ont retrouvée sans vie quelques centaines de mètres en aval.

— Le corps a été examiné ?

— Il ne porte aucune trace de coups ni de violences, si c'est ça que vous voulez savoir.

— Les enquêteurs avancent-ils des hypothèses ?

— Comme on dit toujours : « La police n'écarte aucune piste. »

— Et ils sont sur quoi pour l'instant ?

— Il y a d'abord l'éventualité d'une agression perpétrée par ce groupe de jeunes à moto. Ils auraient poursuivi la femme. Ils l'auraient forcée à s'arrêter.

— Il n'y a eu aucune violence…

— Justement parce qu'elle a pu s'enfuir. Ensuite, elle est tombée à l'eau et elle s'est noyée.

— Décidément, ça devient une manie dans le coin !

— Et si, cette fois c'était vrai ?

— Il faut vraiment manquer de chance. La rivière n'est pas si profonde ! Bon, admettons ! Quoi d'autre ?

— Un suicide.

— Nous y revoilà !

— Vous savez bien, Commissaire, que, devant un cadavre, il ne peut pas y avoir des quantités d'hypothèses. Il y a l'accident, le suicide ou le meurtre. Point final !

— Alors, ce suicide ?

— Les amis de cette personne ont fait part de sa déprime. Ils ont indiqué qu'elle était sortie précipitamment du café. Le patron a également témoigné dans ce sens.

— Elle avait évoqué le passage à l'acte devant eux ?

— Il semblerait. Forts de cette inquiétude, ses amis ont voulu la retrouver avant qu'elle ne fasse une bêtise.

— Et c'est à cet endroit qu'ils l'ont cherchée. Bonne pioche, vous ne trouvez pas ?

— C'est un peu pour cette raison que la piste criminelle émerge. Et aussi, parce qu'il y a quelques incohérences.

— Ah bon ?

— Un témoin, malheureusement aviné au moment des faits, est persuadé qu'ils sont tous partis dans une seule voiture.

— Et il a vu la femme avec eux ?

— Il ne peut pas l'affirmer mais il croit que la petite voiture de sport de la dame est restée un moment sur le parking alors que tout le groupe avait disparu.

— Et qu'est-ce qui lui fait penser ça ?

— Il a été obligé de se soulager contre le mur de soutènement de la place et il croit vraiment que c'était tout près de cette voiture-là.

— Qu'est-ce que vous en pensez ?

— C'est vrai qu'elle n'est pas banale !

— La voiture ou la conductrice ?

— On peut dire les deux et le poivrot n'a pas dû se tromper…

— Ce qui laisserait penser que les quatre autres personnes du groupe se sont liguées contre la cinquième. Pour quelle raison ?

— C'est là que je pense que Maria B. revient à la surface.

— Vous avez de ces mots, Monsieur le juge.

— J'appelle un chat un chat. Si la deuxième affaire a un quelconque rapport avec la première, nous sommes certainement dans le champ criminel. Pleine cible !

— Et votre journal donne la liste des amis de cette pauvre femme ?

— Vous n'y pensez pas, Commissaire ! La loi sur la présomption d'innocence exclut formellement que cette information tombe dans le domaine public.

— Et c'est tant mieux ! Combien ont été cloués au pilori avant d'être disculpés dans la plus grande indifférence quelque temps plus tard… Mais vous me semblez être bien au courant de cette affaire. La presse locale est souvent bien informée sur les faits divers mais elle n'est pas toujours aussi précise que vous l'avez été.

Le juge plissa ses yeux de batracien matois.

— Je vous ai dit l'intérêt que je portais à toute cette affaire, Commissaire. J'ai donc tiré quelques sonnettes.

— Donc, vous détenez cette liste nominative.

— C'est une question ?

— Vous savez bien que non ! Donnez !

— Un ordre maintenant ? Vous outrepassez votre rôle.

— Justement ! Je n'en ai pas. Je ne suis pas là. Je n'existe pas. Sortez-le votre document !

— Pourquoi y tenez-vous tant que cela ?

— Parce que moi aussi, j'ai une liste. Et que j'aimerais bien confronter les deux. C'est simple comme meurtre...

Le juge Brousse frissonna comme s'il subissait un courant d'air gênant.

Il se leva et poussa la porte de la cuisine qui s'était ouverte. Il marcha jusqu'au buffet rustique qui masquait tout un pan de mur.

Il ouvrit une petite porte qui grinça et il pêcha à l'intérieur, comme dans un tabernacle, une feuille pliée en quatre. Il la tendit au commissaire qui la déplia devant lui.

Posément, celui-ci sortit un minuscule calepin et, silencieusement, il se mit à confronter les deux documents.

Très vite son regard s'éclaira.

— Alors ? s'enquit le juge.

— C'est gagné ! Un des amis de cette pauvre femme était, il y a vingt ans, l'employé très doué d'un garage spécialisé dans les voitures anciennes.

— Je ne vois pas…

— Un même personnage ne peut pas par hasard se retrouver dans des affaires similaires à vingt ans d'intervalle.

— Quand vous parliez de coïncidence, je disais déterminisme.

— Et moi je dis : coup d'bol !

XXIV

Elle s'assit sur le bord de son lit. Elle avait ôté son pantalon noir qu'elle avait posé à côté d'elle sur la courtepointe au décor rouge.

Elle massa ses cuisses l'une après l'autre puis elle insista sur les genoux qui lui faisaient mal avant de descendre jusqu'aux mollets.

Elle se leva pour prendre une petite boîte d'onguent dans le premier tiroir de la commode. Elle ôta délicatement le couvercle comme si elle allait se mettre en présence d'huile sainte.

Le produit avait la couleur du bois de santal. Il exhalait un parfum opiacé, puissant et particulier, de celui-là même qui se répand dans les allées embrumées des fumeries de Macao dans le sillage des femmes offertes aux potentats locaux en remerciement des services rendus.

Elle enduisit très consciencieusement la paume de ses mains en veillant à bien répartir la pommade puis elle se massa à nouveau avec une lenteur de moine tibétain.

Ensuite, elle se leva encore pour aller dans la petite salle de bains où elle se lava les mains avec de l'eau de rose.

Une fois qu'elle eut terminé ses ablutions, elle

pressa ses mains humides sur ses tempes et elle ferma les yeux un long moment.

Enfin, elle retourna vers le lit et elle enfila son pantalon en veillant bien à l'ajuster sur ses hanches comme elle le faisait habituellement. Elle releva les yeux vers le miroir rococo piqué d'humidité. Elle se figea dans cette position.

De l'endroit où elle se trouvait placée, elle ne pouvait pas voir son image se refléter. Elle n'y tenait pas plus que cela.

Elle croisa ses mains manucurées et frotta ses doigts les uns contre les autres à la manière d'une gymnastique orientale apprise dans sa jeunesse et elle ferma les yeux.

Ainsi, ils avaient remis ça !

Elle en était certaine. Elle avait ressenti un picotement désagréable au bas de la colonne vertébrale quand elle avait lu les articles concernant cette navigatrice au long cours retrouvée noyée dans le Goyen.

Elle était morte au même endroit que Maria dans des circonstances qui semblaient se ressembler par delà le temps. Et la similitude de la situation lui laissait penser que ceux qui avaient été présents, la seconde fois, avaient dû l'être aussi la première. Les loups étaient ressortis de leur tanière.

La prochaine étape était de trouver le nom de ces cinq hommes. Ensuite, elle veillerait au grain en attendant que l'enquête avance davantage.

S'ils devenaient suspects du jour au lendemain, il faudrait faire vite pour qu'ils ne soient pas sauvés par un placement en détention. Elle mettrait en œuvre la procédure d'élimination qu'elle avait mise au point depuis longtemps.

Pour leur faire rendre gorge un à un avant de les délivrer de leurs remords. Puisque la justice n'avait pas fait son travail, elle remplacerait juges et bourreaux.

Pour la mémoire de Maria.

Elle entendit tousser dans la maison. Il l'attendait.

XXV

Landowski avait un peu froid. Avec tout ce battage somme toute nécessaire sur une éventuelle canicule pour l'été à venir, il avait du mal à accepter ce temps mitigé de plomb et d'ardoise où les choses et les gens prenaient des contours inquiétants et flous.

Certes, il adorait cette ambiance digne du *Chien des Baskerville* tant qu'il n'avait pas à mettre le pied dehors. S'il devenait acteur de la scène embrumée et froide, il ne ressentait plus le même plaisir même si l'adrénaline se préparait à booster son action à la manière des stimulants utilisés par les sportifs.

Dans son courrier du matin, il avait trouvé une simple carte l'invitant à se rendre à la plage nichée dans le creux de la Baie des Trépassés pour y rencontrer un mystérieux correspondant.

Chemin faisant, il avait repensé à cette période agitée où Plogoff avait bravé les CRS pour empêcher la construction d'une centrale nucléaire. Il se souvenait très bien des colères des pontes de la police devant les protestations d'une population qui faisait de sa détermination une arme plus efficace que des fusils. La force publique n'avait rien à gagner dans ce coup-là. Il n'avait pas eu à s'en mêler professionnellement et il ne le regrettait pas.

Il laissa volontairement la route partant sur la droite pour pousser jusqu'au parking du site de la Pointe du Raz. Il n'était pas revenu sur les lieux depuis que le Conservatoire du Littoral l'avait aménagé pour rendre ses droits à la nature.

La préposée au péage l'avait laissé faire le tour du parc de stationnement balisé de chicanes en pierres sèches pour ressortir de l'autre bord sous le regard interrogateur de sa collègue. Pourtant, la manœuvre devait être assez couramment employée par les visiteurs un peu perdus dans ce cul-de-sac.

Puis il avait rebroussé chemin vers les habitations pour prendre la bonne route et avait savouré le spectacle qu'offre la descente vers la Baie des Trépassés par cette route lovée comme un cordage à flanc de coteau. Les tons métalliques des flots et des nuages baignaient le lieu dans une bulle d'irréalité. Superbe et inquiétant à la fois.

Après avoir garé la voiture perpendiculairement au rivage, il observa les amateurs de glisse aquatique postés en embuscade pour prendre la vague au bon moment. Il les plaignit un peu compte tenu des conditions climatiques qui n'étaient pas celles d'une journée sous les Tropiques.

Il en était là quand un doigt frappa au carreau zébré d'embruns. Il ne vit qu'un haut de pantalon et un bas de pull-over tant l'inconnu se tenait près de la carrosserie. Il le supposa surveillant le coin pour ne pas se faire repérer.

Il se pencha pour ouvrir la portière et le visiteur s'engouffra dans l'habitacle.

Landowski l'inspecta du regard. Il était de taille et de corpulence moyennes. Probablement moyen en tout. Il portait des vêtements d'un certain prix. Un foulard discret protégeait son cou des assauts du vent.

— C'est vous le commissaire Landowski ? demanda l'homme en reniflant un bon coup.

— C'est moi. Et vous qui êtes-vous ?

— Mon prénom c'est Didier, Did pour Miss.

Le commissaire fronça ses sourcils charbonneux.

— Miss ? interrogea-t-il.

— La jeune femme qui s'est noyée dans le Goyen l'autre matin, répondit le passager de la pluie. Elle m'avait demandé de tout balancer s'il lui arrivait malheur. C'est pour cette raison que je vous ai contacté. La petite carte, c'est moi.

— La victime vous a donné mission de balancer quoi au juste ?

— Nous savions par un ami…

— Qui se prénomme Gérard peut-être ?

— C'est ça. Gérard a été averti par son ancien patron qu'un policier enquêtait sur la disparition accidentelle de Maria B. Il a contacté les quatre copains de notre groupe pour faire part de ses craintes. Il pensait que la piste des garagistes allait fatalement permettre de remonter jusqu'à lui.

— Pour quelle raison ?

— Déjà l'autre fois, il avait été à deux doigts d'être inquiété. Heureusement, l'enquête s'était éteinte d'elle-même alors que ça commençait à chauffer pour lui.

— Donc il vous a contactés…

— Pour qu'on parle ensemble de tout ça ! Il sentait venir la patate !

— Et vous vous êtes retrouvés quelque part à Pont-Croix…

— Auparavant, j'ai rencontré Miss.

— Dans quel but ?

— Pour la mettre en garde ! J'avais de sérieuses raisons de penser que les autres avaient décidé de l'éliminer.

— Qu'est-ce qu'elle avait fait de mal ?

— Rien de bien grave à mon sens. Facile à dire quand on n'est pas concerné directement. Elle avait quitté Gérard au lendemain de cette malheureuse affaire. Elle n'avait pas participé. Elle s'était mise à l'écart et elle ne cachait pas son remords d'être restée silencieuse pendant et après le drame. Elle représentait un risque.

— Pour qui ?

— D'abord pour Gérard. Ce soir-là, c'est lui qui tenait le volant. Il n'a pas pu éviter l'accrochage avec la voiture que conduisait l'ami de Maria B. et celui-ci s'est tué dans des conditions horribles.

— Qui d'autre craignait cette, euh, Miss, comme vous l'appelez ?

Didier renifla encore une fois et regarda vers le large avant de répondre.

— Les deux hommes qui l'ont forcée à passer sous l'eau.

Landowski sentit un picotement lui titiller la colonne vertébrale.

— Parce que Maria a été assassinée, c'est bien ce que vous me dites ? demanda-t-il.

Le prénommé Didier continua son explication :

— Après l'accident, on a proposé à Maria de se taire contre de l'argent. Elle s'est enfuie montrant ainsi qu'elle n'était pas d'accord. Du coup, elle s'est mise en danger de mort. J'ai cru qu'on allait la retrouver pour la raisonner. On l'a cherchée pour l'exécuter. Ce n'était pas tout à fait la même chose. Elle était un témoin gênant de notre inconscience collective. Rien ne pouvait plus arrêter le cours de son destin.

— Mais vous, vous n'avez rien tenté pour empêcher ça ?

— J'ai joué l'incrédulité avant de me draper dans la toge de Ponce Pilate. Et j'ai laissé faire.

— Comment ça s'est passé ?

— Nous l'avons traquée comme du gibier le reste de la nuit.

— Elle aurait pu en profiter pour se cacher…

— Si elle était partie droit devant elle, elle vivrait encore aujourd'hui. Il aurait fallu un sacré coup de pot pour emprunter le même chemin qu'elle et la rattraper. Tout ça, en pleine nuit. Au lieu de ça, elle a fait une boucle pour revenir à la case-départ. C'est ce qui l'a perdue.

— Elle n'a pas tenté de trouver refuge dans une maison ?

— Sur son chemin, il n'y avait pas grand choix. On était sur ses traces, sur ses talons même. Elle a frappé chez un médecin exerçant aux colonies. Personne n'a ouvert.

— La maison était vide ?

— Non. On a vu une lampe s'allumer à l'étage mais personne n'est sorti.

— Et ensuite ?

— Elle est revenue vers le pont. On l'a prise en tenaille et sa fuite s'est arrêtée au beau milieu de la rivière.

— Et deux hommes l'ont noyée, c'est ça ?

— Oui. Ce n'était ni Gérard ni moi. Une fois le mal fait, on ne s'est pas attardés.

— Et ces deux assassins avaient donc toutes les raisons de vouloir éliminer Miss à son tour…

— C'est ce que j'ai tenté de lui faire comprendre.

— Qu'est-ce qu'elle a dit ?

— Elle espérait leur faire entendre raison. Elle voulait les amener à se dénoncer.

— C'est pour ça que vous avez bu un verre ensemble ?

— Exact.

— Difficile d'amener des criminels aux aveux. Elle rêvait un peu votre copine, non ?

Didier soupira.

— Miss, elle a toujours été comme ça. Elle était un peu hors de la vie des terriens.

— C'était une extraterrestre ?

— C'était plutôt une voileuse, adepte de la course au large et des solitudes maritimes. Elle avait du mal à se fixer à terre. Encore aujourd'hui, elle n'avait pas de vie organisée en dehors des coques et des pontons. Je crois que ce n'était pas un regret pour elle. Elle ne le souhaitait pas tout simplement. Et cette affaire, la mort de Maria, n'a fait que conforter son goût des grands espaces et son désir d'être ailleurs. Voire nulle part. Elle s'est éloignée de nous, du port, de tout. Peut-être d'elle-même aussi.

— Jusqu'à ce que je mette les pieds dans le plat, c'est bien ça ?

— En revenant par ici et en posant vos questions trop orientées, vous avez fait resurgir les vieux démons.

— Vous parlez de Gérard ?

— De Gérard et des autres. C'est vrai qu'il avait un compte à régler avec Miss et qu'il ne s'en est pas privé. Il a tout organisé et elle n'a vu que du feu.

— Comment ça ?

— Elle a cru qu'il acceptait d'aller tout raconter aux gendarmes. Il n'en a jamais eu l'intention. Forte de ça, elle a bêtement proposé de retourner sur les lieux du crime. Une fois sur place, elle a fini par comprendre la machination. Un peu tard.

— Et les deux bourreaux ont remis ça ?

— Justement non et c'est ce qui est plus grave. Quand elle a bien pigé ce qui arrivait, elle nous a harangués. Et on en a pris pour notre grade. J'ai voulu interrompre tout ça en entrant dans l'eau pour la ramener vers la berge. Elle a cru que j'avais des mauvaises intentions. Elle a pris peur. Et…

— Et ?

— L'accident est arrivé. Elle a perdu l'équilibre et elle a été emportée par le courant. Elle ne s'est pas débattue.

L'homme tourna son regard vers le large et resta

silencieux pendant quelques secondes. Landowski respecta ce moment sans trop le faire durer. La faiblesse des uns peut faire le bonheur des autres. Dans les affaires criminelles, il faut battre le témoin quand il est chaud.

— Et ensuite ?

— Comment ça ?

— Qu'est-ce que vous avez fait ? Est-ce que quelqu'un a dit quelque chose… s'est précipité ? Vous voyez ?

— Nous sommes restés comme pétrifiés, silencieux et immobiles et nous avons regardé son corps s'éloigner au fil de l'eau. Puis Gérard a mis un point final en disant : « Comme ça, on n'aura pas à le faire ! »

— Il paraissait soulagé ?

— Non, plutôt satisfait. C'est lui qui a organisé la suite. On a récupéré la voiture de Miss sur le parking. On l'a poussée vers la descente pour ne pas faire de bruit et on l'a amenée à proximité du petit pont. C'était facile ! Miss laissait toujours les clefs au tableau de bord. Ensuite, on a circulé un peu partout pour montrer qu'on la cherchait. Puis on a repéré la voiture. Gérard a donné l'alerte et c'est avec les pompiers qu'on a retrouvé le corps un peu en aval.

— Ainsi, la thèse de l'accident passait mieux. Que disent les enquêteurs ?

— Ils ont vite balayé l'hypothèse d'une fuite à cause des jeunes à moto. Ils n'ont pas cru longtemps à une poursuite faite par ce groupe.

— C'était bien trouvé cependant.

— Les jeunes ont un alibi. Ils ont fait un bruit d'enfer à Audierne devant un bar qu'ils ont fréquenté une partie de la nuit.

— Alors on évoque naturellement le suicide…

— Nous avons dit que Miss était très déprimée…

— Et, les yeux fermés, on va croire la belle brochette de salauds que vous formez !

— Mais c'est un accident !

— Pour Maria B. aussi c'était un accident ?

— Je vous ai dit que non ! Vous allez nous arrêter ?

— Je ne suis pas chargé de l'enquête.

— Et Miss va passer au compte profits et pertes ?

Landowski se carra sur son siège comme pour donner du corps à ses propos. Il regarda son interlocuteur bien en face et il lui dit :

— Vous allez payer pour un crime que vous n'avez pas commis parce qu'il n'est pas possible de vous poursuivre pour le précédent.

Il se souvint de Jean Gabin dans le film *Le Pacha* et il ajouta :

— Et personne ne passera au travers. Personne !

XXVI

Une surprise de taille attendait Landowski à son retour. Sur le bureau de Lamartine, quelqu'un avait déposé un paquet. C'était une boîte rectangulaire fourrée en force dans une grande enveloppe à bulles. Les coins avaient imprimé leur marque en passant. Le paquet avait été posté à Audierne et il ne portait aucune indication sur son expéditeur. L'adresse du destinataire était tapée à la machine sur une étiquette de modèle courant.

Landowski sortit son couteau suisse. Il avait appris à ne pas oublier cet accessoire bien utile en maintes circonstances. Mais avant de couper le papier, il usa de méfiance en portant le paquet à son oreille. Personne n'est à l'abri d'un malfaisant. Et surtout pas un flic de renom.

Il ne perçut pas le moindre tic-tac qui aurait pu indiquer la présence d'une spécialité horlogère.

Cependant, par précaution, il ouvrit l'un des battants de la porte-fenêtre. On ne sait jamais ! Ensuite, il entreprit d'ouvrir le paquet avec méthode. Dans une enquête, tout compte, la moindre petite chose a son importance. Il n'attendait aucun courrier. Les personnes connaissant son adresse provisoire n'étaient pas légion et, pour clore le tout, il ne connaissait personne à Audierne. Ce paquet n'avait donc aucune raison valable d'être là !

Landowski dégagea l'enveloppe et la fit glisser autour de la boîte en carton qu'elle protégeait. Il posa la boîte au centre du sous-main de cuir fauve et il inspecta l'intérieur de l'enveloppe sans rien y trouver de plus. Il s'assit devant la boîte et il souleva le couvercle.

A l'intérieur, il y avait un dossier épais enfermé dans une chemise à sangle. La couleur garance avait subi le passage du temps et s'était affadie mais on pouvait encore lire l'inscription portée au feutre noir. Il comprit qu'il avait là le dossier concernant Maria B., celui-là même qui avait disparu des archives.

Landowski le sortit de la boîte et le posa devant lui. Il défit la sangle qui se laissa faire sans problème, preuve qu'elle avait été sollicitée récemment.

Enfin, il posa les yeux sur l'histoire de la fin tragique de Maria B. et de son compagnon. Il ne s'appesantit pas longtemps sur la biographie des deux victimes bien que la connaissance du cursus des gens soit toujours un élément essentiel d'une enquête. On en apprend parfois beaucoup sur le parcours déviant d'un criminel en s'intéressant à la vie intime de ses victimes. Dans cette affaire, il n'y avait pas forcément lieu de fouiller dans le passé de Maria et de son ami. Il était évident que les circonstances n'avaient pas été de leur côté et que leur mort, certaine au final, n'avait été, quelques heures auparavant, qu'une probabilité, qu'un tirage de deux boules noires au milieu d'une kyrielle de boules blanches. La main qui fouille dans le sac est toujours innocente quand elle s'engage et tâtonne. Elle devient responsable quand le destin aiguille son choix qu'elle ramène en pleine lumière comme les bâtards des putains d'Amsterdam.

Ainsi le mystérieux correspondant avait récidivé. Pour Landowski, celui ou celle qui avait envoyé une lettre anonyme avait de la suite dans les idées. Il était parvenu à se procurer l'original du dossier. A savoir par quel biais… Il était bien au fait des failles de cette enquête et il n'avait donc aucun mal à fustiger la justice qui avait interrompu un processus d'enquête pouvant conduire à confondre des criminels.

La première chose qui intéressa Landowski, ce fut de savoir comment l'information était parvenue aux gendarmes. Pour la mort de Miss, Gérard avait prévenu de sa disparition et les quatre hommes avaient activement participé aux recherches avant de faire la découverte macabre censée les disculper. Pour Maria B., d'après les dires de Didier, l'équipage s'en était allé dans la même voiture et le groupe s'était dispersé sur un parking désert au petit matin. Ils n'avaient donc pas prévenu du drame qui venait de se passer en fin de nuit près du petit pont désert. Il fallait donc bien que quelqu'un le fasse. Qui ?

Le dossier était disert sur le sujet. Il faisait état d'un appel téléphonique matinal annonçant la découverte du cadavre. Sur la fiche-mémoire recopiée sur la main courante, le gendarme de service avait noté que le correspondant désirait rester anonyme, qu'il avait indiqué qu'il passait par là, qu'il avait repéré le corps à demi immergé et qu'il s'exprimait très calmement.

Pour Landowski, il y avait quelque chose qui ne collait pas dans l'attitude de ce promeneur de l'aube. Tomber sur un cadavre au bout d'un chemin ne peut laisser insensible le commun des mortels. Or, le gendarme avait trouvé bon de préciser que l'inconnu s'exprimait sans émotion apparente. Ce n'était pas très naturel à moins de gommer la surprise en sachant fort bien que la morte se trouvait là. Et qui le savait à part les protagonistes du drame ?

Plus loin dans le dossier aux pages fatiguées par le temps, Landowski trouva un procès-verbal établi à la suite d'un transport judiciaire sur les lieux. Le document rapportait la découverte d'une effraction perpétrée dans une ferme inoccupée. Celle-ci était située un peu plus haut que la maison du médecin et se trouvait à équidistance du pont et de l'endroit où avait eu lieu l'accident qui avait coûté la vie à Pierre, le compagnon de Maria B. Il était inscrit que la porte avait été fracturée et brisée dans sa partie haute au moyen d'un outil provenant de la grange. Il avait été retrouvé sur les lieux. Les constatations précisaient que rien n'avait été volé. Le téléphone avait été déplacé. Quelqu'un s'était assis sur une chaise. Il y avait une zone de frottement sur le bord de la table, quelques traces de pas sur le sol carrelé. Les empreintes étaient inexploitables. C'était tout.

Pour Landowski, ce procès-verbal prit tout son sens. Didier avait précisé que la victime avait effectué un mouvement circulaire avant de se jeter dans la gueule du loup. Elle pouvait fort bien avoir tenté de se réfugier dans cette ferme.

Elle avait voulu utiliser le téléphone sans savoir que la ligne était coupée. Peut-être avait-elle craint de les voir rappliquer. Elle avait donc quitté cet endroit qui aurait pu être un refuge ou devenir une souricière et elle avait marché vers le lieu de son supplice. En chemin, elle avait vu la maison du médecin. Elle avait eu une lueur d'espoir. Elle avait appelé, tambouriné. En vain. On avait allumé dans une chambre au premier étage. Sans bouger, sans répondre, sans la sauver. Pourquoi ?

Elle avait quitté la route pour rejoindre la rivière par la prairie. Le chemin avait été identifié par un jeune gendarme et ses constatations figuraient au dossier. Puis elle était arrivée à la berge. Elle était entrée dans l'eau. Des mains qui auraient dû être secourables avaient été meurtrières et elle avait disparu sous la surface…

XXVII

Maria laissa l'eau froide envahir sa bouche.

Elle sentit que son corps était emporté par le courant. Elle roula sur elle-même. Sa poitrine était au bord de l'explosion. Tous les témoins étaient au rouge et sa tête ne répondait plus. Elle sentait cette eau s'engouffrer dans les alvéoles de ses poumons, éteignant un à un chaque souffle de vie qui faisait preuve de résistance. Elle se noyait inexorablement.

Pourtant, elle ne le voulait pas. Elle ne le voulait plus. Quand ces mains fermes l'avaient poussée au-dessous du niveau de l'eau, elle avait cédé à l'abandon pour ne pas souffrir plus que de raison. Inutile de se battre quand le résultat est connu d'avance.

Mais cette eau froide, conquérante et dévastatrice avait provoqué en elle un sursaut. Le corps ne voulait pas abdiquer. Pas ici, pas comme ça, pas maintenant. Et s'il voulait se battre, même avec l'énergie du désespoir, elle devait l'aider à faire face. Elle referma la bouche en serrant ses mâchoires tétanisées.

Cent mètres en aval du pont, elle refit surface comme une bouteille à la mer se redresse quand un peu d'eau en leste le culot. Elle rejeta une bonne quantité du liquide mortel. Elle happa péniblement une goulée d'air qui ne parvint pas utilement à se frayer un passage. Elle s'immergea à nouveau. Cent mètres encore et elle sentit confusément qu'on la tirait par la manche. Son chemisier était pris dans une grosse branche. Lentement, elle remonta à fleur d'eau. Sa tête fut ballottée par le courant pendant de longues minutes avant de se stabiliser comme un bateau à l'amarre. Du liquide coula de sa bouche et de son nez. Elle ne s'en aperçut pas mais il y avait du sang dans cette eau de rivière. Elle avait toutes les peines du monde à rester en vie. Son corps luttait contre une décompensation pulmonaire et cardiaque qui se profilait à l'horizon. Elle n'avait plus la lucidité nécessaire pour se concentrer sur sa survie. Si, à cet instant précis, la providence mettait quelqu'un sur sa route, elle avait encore une chance de vivre.

Il y avait bien quelqu'un. En se penchant sur le parapet du pont, il aperçut tout de suite cette tache blanche qui flottait à deux cents mètres environ. L'air frais et la marche lui avaient fait le plus grand bien. Il se précipita sur la berge où les herbes avaient été foulées récemment. Il s'approcha rapidement de ce morceau de tissu clair qu'il voyait flotter. Quand il fut à deux mètres, il constata que le tissu était un chemisier et que ce vêtement était passé sur un corps. Un corps de femme. Il s'approcha encore. Il vit qu'elle respirait difficilement dans un râle d'agonisant. Il descendit dans l'eau. Il remarqua la branche qui avait interrompu la descente vers l'aval. Il décrocha la femme piquée comme un hanneton sur son bout de liège et il la tira vers la berge toute proche. Le corps s'alourdit quand il ne fut plus tenu par la branche et le courant joua sa partition à tel point que l'homme dut faire un gros effort pour ne pas lâcher prise. Il parvint non sans mal à mettre la miraculée perpendiculairement à la berge. En poussant ferme, il bascula les jambes et le bassin sur l'herbe mais il dut soutenir le haut du corps qui s'enfonçait à nouveau dans l'eau.

La femme hoqueta. Un filet de sang coulait de son nez et de sa bouche. Il se dit qu'elle devait être belle en dehors de cette souffrance qui la défigurait. Il constata aussi que c'était elle qu'il avait aperçue derrière la porte d'entrée. Et elle vivait encore.

Que s'était-il passé depuis ce moment-là ? Il n'en avait pas la moindre idée. Il se souvenait de cette fuite effrénée et de cette voiture qui avait fait irruption au portail. Il avait tenté de se reposer mais ses douleurs abdominales l'en avaient empêché.

Il avait repensé à elle et il avait ressenti le besoin de vérifier ce qu'elle était devenue. S'il la trouvait morte quelque part vers le pont, il aurait la certitude d'avoir contribué à sa perte en ne lui ouvrant pas la porte. Sinon, il se mettait en danger.

Quand elle ouvrit péniblement les yeux, il lâcha immédiatement sa prise. Le buste non soutenu bascula dans l'eau et le corps tout entier de la jeune femme se retourna. Très vite, il s'immobilisa. Sans vie.

L'homme se détourna pour vomir au fil de l'eau.

XXVIII

— Irène est partie ce matin, dit le juge Brousse en se servant un deuxième bol de café.

— Comment ça partie ?

— Elle va rendre visite à sa vieille tante.

— Elle est malade ? s'enquit civilement Landowski en regardant le sien.

— Sa tante est moribonde mais c'est un état qui dure depuis un moment. Avec les vieilles personnes, on ne sait jamais ! Il suffit parfois d'une plaquette de cachets et de quelques attentions pour que la machine crachote un peu et reparte de plus belle. Mais je crains que cette fois, ce soit la bonne…

— Elle sera absente longtemps, votre compagne ?

— Quelques jours, je pense. J'espère qu'elle tiendra le coup. Elle est partie avec une angine carabinée.

Il eut un haussement d'épaules en signe de fatalité. Il continua en bougonnant :

— On se débrouillera pour les repas en attendant son retour. Elle a quand même eu le temps de nous faire un bon litre de son extrait de goudron avant de partir !

— Heureusement, ajouta Landowski. Ce matin, j'ai besoin de quelque chose de corsé pour me soutenir.

Brousse usa de son regard de batracien.

— Vous avez veillé tard ?

Landowski prit son temps. Il lui fallait jouer fin.

— J'ai beaucoup réfléchi. J'ai confronté des témoignages et je me suis fait une religion. Cette affaire arrive à son terme, je crois.

— Vraiment ? s'inquiéta le juge. Je ne vois ce qui peut vous permettre d'être si péremptoire.

— Parlons-en si vous voulez…

— Me croiriez-vous si je vous disais que tout cela m'est égal et vous répondais par la négative ? Bien sûr que non. Permettez que j'allume un de mes infâmes cigares au risque de vous incommoder.

— Ai-je la possibilité de vous en empêcher ?

Brousse fit la moue.

— Je suis tout ouïe, Commissaire.

Landowski repoussa son bol vide. Il avait rassemblé ses idées avant de présenter l'état de ses réflexions nocturnes. Il avait bien travaillé et il n'en était pas peu fier. Il allait devoir forcer le destin pour, au final, emporter le morceau. Il ne doutait pas que le juge finisse par lui apporter une aide indispensable. Peut-être même à son corps défendant. L'un et l'autre appréciaient les joutes oratoires ciselées comme du travail d'orfèvre. Pour le fun.

Le commissaire se racla la gorge pour affermir le ton de sa voix et il se lança :

— Prenons tout par le début si vous le voulez bien…

— Ne remontez pas à Adam et Eve. Eux sont coupables, on ne le sait que trop bien.

— Maria B. et son compagnon ont fait l'amour sur la banquette arrière de la voiture, affirma Landowski, tête haute.

Le juge Brousse, un sourire narquois oublié sur ses lèvres abîmées par le tabac, réagit immédiatement comme s'y attendait le policier.

— Si vous commencez comme cela, Commissaire, je crains que vous ne puissiez aller bien loin !

— Et pour quelle raison ?

— Il n'y aucune preuve que ces jeunes gens aient fait l'amour comme vous l'affirmez si singulièrement. Il n'y a eu aucun prélèvement d'ADN d'effectué sur le nommé Pierre afin de déterminer si le sperme qu'on a retrouvé dans le vagin de sa compagne était bien le sien.

— Parce que vous avez une autre explication ?

— Il est tout à fait possible de supposer qu'elle ait eu des relations sexuelles avec quelqu'un d'autre.

— Et ce rapport se serait passé après l'accident qui a coûté la vie à son compagnon ? Vous plaisantez j'espère, Monsieur le juge ! Il aurait fallu que la victime soit bien tordue pour se prêter à ce jeu-là. Et je me refuse à envisager une telle hypothèse !

— Vous n'y êtes pas. Je ne parle pas de relations consenties mais de viol. Nous cherchons bien à identifier son meurtrier, n'est-ce pas ?

— Ce qui accréditerait la thèse d'un crime de rôdeur ?

— Pourquoi pas ?

— Vous permettez quand même que je poursuive ?

— Bien sûr mais sachez que je vais avoir du mal à vous suivre si vous persistez dans l'erreur.

— N'ayez crainte ! Je ne crois pas me fourvoyer.

— Je vous écoute.

Le juge alluma consciencieusement un barreau de chaise. Landowski fit la grimace plutôt par rite que par gêne réelle puis il temporisa quelques secondes avant de reprendre :

— L'accident a lieu. C'est une voiture dont l'équipage est en goguette qui en est la cause.

Brousse fronça les sourcils.

— D'où tenez-vous cette information ?

Landowski manifesta son impatience :

— Si vous m'interrompez à chaque phrase, Monsieur le juge, je ne pourrai pas aller au bout.

— Vous avez raison. Je vais essayer de n'intervenir qu'à bon escient.

— Tenir vos promesses est au-dessus de vos forces…

— Sauf si on m'aide. Et, dans cette affaire, vous êtes bien là pour m'aider. Je ne me trompe pas ?

— Je ne suis pas certain d'être un bon avocat.

— Soyez rassuré sur ce point. Les bavards de prétoire ne manquent pas !

— Donc, Pierre décède dans les conditions atroces que l'on connaît. Les responsables de cette boucherie ramènent Maria vers le bord de la route. Ils lui proposent un marché qu'elle n'accepte pas.

— D'où tenez-vous encore cette élucubration ?

— D'un témoin, tout simplement.

— Vous en avez fait du chemin !

— C'est pour ça que vous m'avez fait venir, non ?

— De quel marché s'agit-il ?

— De donner une version édulcorée de l'accident contre espèces sonnantes et trébuchantes. Ce que Maria refuse en s'échappant. Elle se coule dans la nuit épaisse et elle marche. Au bout d'un moment, elle tombe sur une ferme où il n'y a personne. Elle fracture la porte d'entrée avec un outil trouvé dans la grange et, une fois dans la maison, elle tente de demander des secours par téléphone. La ligne est coupée, tout simplement parce que la ferme est inoccupée.

— Cet épisode figure bien au dossier mais rien n'indique à coup sûr que c'est Maria qui l'a vécu.

— De mon côté, j'en suis intimement convaincu.

— Alors continuez à décliner votre version !

— Elle décide de revenir vers Pont-Croix. Après tout, c'est l'agglomération la plus proche. Elle rejoint la route et elle marche. Une voiture la dépasse. Elle comprend que c'est celle du chauffard et elle s'enfuit en courant. Plus bas, elle trouve une maison. C'est celle du docteur Michel. Vous le connaissez ?

— Je devrais ?

— Il a exercé en Afrique, je crois.

— Je l'ai peut-être rencontré une fois ou deux mais ça n'a pas d'importance. Poursuivez !

— Maria tente de se faire ouvrir la porte. Sans succès. Elle traverse le jardin derrière la maison et elle enjambe la clôture. C'est là qu'elle accroche sa petite culotte. En voulant se dégager, elle la déchire sur quatre centimètres comme cela figure dans les procès-verbaux. Elle tombe, se blesse peut-être aux genoux. Arrivée au bord du Goyen, elle s'aperçoit avec terreur qu'elle est cernée par le groupe qu'elle a tout fait pour éviter. Ils la forcent à entrer dans l'eau comme un cerf cerné par la meute. Deux hommes s'approchent d'elle. Ils la font disparaître sous l'eau et son corps s'en va avec le courant.

— Alors tout est dit !

— Ce n'est pas certain.

— Comment cela ?

— Maria B. n'est pas tout à fait morte.

— Comment pouvez-vous le savoir ?

— J'échafaude. J'ai le droit.

— Continuez dans l'erreur, c'est passionnant…

— Nous verrons bien… Certes, elle est mal en point mais la vie ne l'a pas abandonnée. Enfin pas encore. Elle dérive sur quelques dizaines de mètres et son corps est arrêté par des branchages. Elle revient à la surface. Elle reprend peut-être un peu ses esprits. Elle espère confusément que quelqu'un viendra la sauver. Justement, elle se sent soulevée par des bras vigoureux. On la rapproche du bord. On la pousse sur la berge. Une partie de son corps est hors de l'eau. Encore un effort et elle sera tirée d'affaire. Elle a une chance…

— Maria B. est morte noyée, Commissaire ! Vous l'oubliez ?

— Justement non ! Mais cet homme va la lui prendre, cette ultime chance. Il ne peut pas la laisser vivre. Il croit avoir une bonne raison pour ça.

— Que fait-il selon vous ?

— Il lâche prise. Maria n'a plus personne à qui se raccrocher. Elle se noie à nouveau, si l'on peut dire. Et cette fois, c'est pour de bon. L'homme remonte sur la berge et rejoint la route. Il va aller téléphoner pour informer la gendarmerie qu'il vient de découvrir un cadavre dans le Goyen.

— Mais voyons, Commissaire, c'est du roman votre histoire !

— Je ne crois pas...

Landowski regarda intensément Louis-Antoine Brousse et ajouta :

— ...Et vous le savez très bien, Monsieur le juge.

Brousse en fut interloqué. Il lança une question hésitante :

— Et pourquoi donc, je vous prie ?

Landowski porta l'estocade

— Cet homme, cet inconnu du petit matin qui tue Maria B., c'est vous !

— Qu'est-ce qui vous fait dire ça ? demanda le juge après un instant d'hésitation.

Landowski fit une réponse sibylline.

— C'est tout un ensemble de choses qui conduit inexorablement à cette affirmation.

— La considérez-vous comme une hypothèse ?

— Pas vraiment. J'ai bien l'intention de démontrer que la vérité est bien celle-là.

— Et vous comptez sur moi pour vous y aider ? demanda le juge avec une pointe de fatalisme dans le ton.

— Parfaitement. N'est-ce pas ce jeu qui vous passionne depuis mon arrivée ?

— Vous avez raison.

Il soupira bruyamment.

— J'ai peur d'être la souris, Commissaire, quand vous allez être le chat !

— Le taureau gagne parfois.

— Et il s'en va couler une vieillesse heureuse dans une manade éloignée du bruit et de la fureur des arènes. Très peu pour moi !

— Vous ne rêviez pas de retraite tranquille ?

— Il y a des vies qui ne permettent pas ça. La mienne fait partie du lot. De plus, je suis un véritable dictionnaire des maladies à moi tout seul. Elles ne sont pas de celles qui font des centenaires ! Et je n'aurais que faire d'une longévité absurde si elle n'est qu'un répertoire de déchéances et une accumulation de souffrances.

— Et vous souffrez de quoi au juste ?

— J'ai un diabète flanqué d'une belle insulinodépendance, des problèmes cardiovasculaires et une insuffisance pulmonaire épisodique. Heureusement qu'Irène me sert d'infirmière. Je fais également de monstrueuses allergies et je traîne derrière moi des séquelles d'amibiase et des souvenirs douloureux de maladies tropicales. Quand on sait qu'on ne se débarrasse jamais complètement de ces miasmes coloniaux, on peut facilement imaginer ce que peuvent être mes nuits !

Landowski eut envie de parler de celle dont il avait pu voir une curieuse séquence mais il s'abstint. Avec sa litanie de maladies réelles ou supposées, Brousse préparait sa défense et cherchait à l'attendrir.

D'autres couplets larmoyants étaient prévisibles.

— Est-ce que vous vous souvenez du nom de votre médecin en Afrique ? demanda Landowski.

Brousse se crispa.

— Parce je devrais ?

— Vous ne pouvez pas avoir oublié le docteur Michel !

— Je l'ai rencontré en Mauritanie, je crois. Qu'il m'ait soigné à cette époque est bien le cadet de mes soucis en ce moment !

— Mais vous avouez donc le connaître…

— Quel vilain mot, Commissaire ! En sommes-nous déjà à la phase finale de l'interrogatoire ?

— Vous le connaissez si bien que vous avez même séjourné chez lui.

— En Afrique, les blancs se reçoivent beaucoup vous savez.

Landowski tira sur la longe.

— Je ne parle pas de l'étranger, je parle d'ici, de Pont-Croix même.

— Et vous croyez que je suis allé chez lui ?

— Je ne crois pas, j'en suis certain. Je vais même vous dire que vous y étiez la nuit où Maria est venue secouer la porte pour demander du secours.

— Ah ?

— Ne soyez pas étonné. C'est le docteur Michel qui a organisé la conférence à laquelle vous avez participé, il y a vingt ans. Celle qui vous a permis de faire une mini-croisière vers l'île de Sein. Celle qui vous a donné l'occasion de rencontrer votre future compagne. Dans votre intervention, remarquable paraît-il, il était question de droit et de colonisation, vous vous souvenez ?

— Bien sûr.

— Ensuite, le docteur Michel vous a invité chez lui. A en croire quelques renseignements que je possède, cette jolie eurasienne qui lui sert aujourd'hui de garde-malade lui tenait déjà compagnie. Sous le manteau, on dit même que vous avez servi d'entremetteur pour qu'ils se rencontrent. On dit aussi que les charmes de cette jeune personne ne vous ont pas laissé de marbre avant d'en faire profiter le docteur Michel. Un remboursement de dette en quelque sorte. Les services de l'immigration auraient sûrement été intéressés de savoir que les papiers de cette très jeune fille à l'époque avaient été falsifiés pour la rendre majeure au regard de la loi française.

— Vous inventez tout cela au fur et à mesure, Commissaire ? Quelle imagination !

— Toujours est-il que, cette nuit-là, vous avez entendu du bruit. Maria tambourinait à la porte. Elle jouait sa vie. Et vous n'avez pas ouvert.

— Continuez, vous m'intéressez drôlement !

— Pour une raison que j'ignore encore mais que vous me donnerez certainement plus tard, vous avez ressenti le besoin, au petit matin, d'aller voir ce qu'était devenue cette inconnue de la nuit. Vous avez arpenté les berges du Goyen et vous avez remarqué un cadavre qui flottait. Vous vous êtes approché et vous avez constaté que c'était elle.

Landowski fit volontairement un break avant de reprendre avec une intonation plus pesante :

— Vous l'avez ramenée vers la berge. Vous l'avez sortie de l'eau. Probablement qu'elle n'était pas tout à fait morte. Vous avez été ému par son corps partiellement dénudé. Malgré son séjour dans l'eau, vous avez senti ses vibrations, ses souffrances, sa vie ne tenant plus qu'à un fil.

La respiration du juge s'était brusquement accélérée. Landowski jugea que le moment était venu. Il enfonça le couteau dans la plaie.

— Peut-être même avez-vous abusé d'elle et...

Louis-Antoine Brousse hurla comme une bête blessée.

— Non, pas ça !

*

Brousse reniflait comme un enfant. La dernière accusation de Landowski l'avait anéanti. Cette fois, il n'était plus question de jouer au chat et à la souris. Toutes les choses ont une fin.

— Je vais tout vous dire, Commissaire. Il est temps maintenant d'en terminer avec tout ça. Je suis fatigué.

— A qui le dites-vous !

— Pour vous, ce n'est qu'un épisode. Pour moi, c'est le final !

— Donnez-moi à comprendre, Monsieur le juge...

Brousse n'était plus que l'ombre de lui-même. Il avait perdu toute sa superbe et ses traits s'étaient creusés comme si le masque était enfin tombé. D'une voix blanche, en un filet de mots hésitants, il s'expliqua :

— Depuis cette nuit maudite, je ne suis plus juge, je ne suis plus rien. Vous avez raison. J'étais bien chez le docteur Michel, cette nuit-là. Comme nous avions sympathisé à Dakar, il a eu recours à moi quand il a voulu organiser des colloques en France sur le thème de la justice. J'ai répondu favorablement à son invitation. Il a monté une soirée à la salle du Chapeau Rouge à Quimper qui s'est très bien passée. Tellement bien que nous avons terminé par un buffet avec des notables satisfaits au plus haut point. J'ai trinqué sans réserve puisque je ne conduisais pas. Au retour, à Pont-Croix, le docteur Michel a voulu ouvrir une bonne bouteille pour fêter ça. Quand je suis monté me coucher, j'étais déjà malade. Plus tard, je suis descendu chercher de l'eau minérale. C'est à ce moment-là que j'ai entendu la voiture. Puis quelqu'un a secoué la porte. Je me suis déplacé jusqu'à l'entrée, tant bien que mal. J'ai entendu une voix supplier à l'extérieur.

— Pourquoi n'avez-vous pas ouvert ?

— J'étais paralysé, complètement vidé au propre comme au figuré.

— Un geste aurait sauvé Maria…

— Je n'ai pas pu.

— Vous savez pourquoi ?

— Je sais.

— Expliquez-moi.

— C'est vieux tout ça. Un soir, quand j'étais très jeune, j'ai fait une bêtise insignifiante. Ma mère m'a traîné au dehors dans la nuit puis elle m'a enfermé au bout de la maison dans une soupente sans la moindre lumière. A travers la porte vermoulue, j'ai négocié, j'ai promis. Je l'ai suppliée de me laisser sortir. Elle a répondu en éteignant sa lampe puis elle s'est éloignée. Je suis resté dans le noir pendant une éternité. J'ai perçu des bruits, entendu des gémissements et des grincements que j'ai pris pour des plaintes. J'ai eu peur. J'ai voulu mourir pour ne pas avoir de souvenirs. Quand elle est venue me chercher, bien plus tard, il y avait une fêlure quelque part en moi. La frayeur et l'abandon avaient réussi à faire ça. Définitivement.

Le juge but une gorgée de café froid avant de poursuivre son récit :

— Quand j'ai entendu cette voix de femme qui suppliait de l'autre côté de la porte, je me suis retrouvé dans ce souvenir pénible. On ne m'avait pas libéré de ma peur, de mes angoisses. Personne n'était venu à mon secours malgré mes suppliques. Cette fois, j'étais du bon côté. C'était moi qui détenais le pouvoir. Je me suis vengé. Je n'ai pas ouvert. Au petit matin, une fois dégrisé, je me suis souvenu de tout ça. J'ai eu peur que cette femme m'accuse de ne pas l'avoir secourue. J'avais entendu ses poursuivants patrouiller sur la route. Je me doutais qu'ils ne la cherchaient pas pour tricoter des napperons. Je suis descendu vers la rivière. Avec quelques inquiétudes, je dois l'avouer.

— Vous espériez la trouver morte ?

— Si son destin l'avait conduite à cette extrémité, je me trouvais naturellement hors de cause. Quand j'ai vu le chemisier qui flottait, je me suis précipité.

— Vous avez constaté qu'elle vivait ?

— Malheureusement pour elle comme pour moi. Vivante, elle était un danger. J'ai donc laissé faire le destin.

— Mais c'est monstrueux !

— Je vous l'accorde.

— C'est tout ce que ça vous fait ?

— Je n'avais plus le choix. Maria vivante, elle aurait tout raconté et ma carrière déjà chaotique aurait été foutue. Non-assistance à personne en danger, ça va chercher loin.

— Quand elle a secoué la porte, vous avez eu la possibilité, que dis-je, le pouvoir de changer le cours des choses…

— Je ne pouvais pas connaître l'importance de mon geste. J'ai mal réagi sur ce coup-là. J'estime avoir des circonstances atténuantes.

— L'attitude de votre mère ?

— Je vous dis que j'étais tétanisé et que je n'ai rien pu faire. J'étais malade. De plus, j'étais complètement ivre.

— Ce n'est pas une excuse !

— Non, c'est une explication. J'ai tenté de vous la faire découvrir depuis que vous vivez sous mon toit.

— Ah oui ? Dites-moi comment.

— En vous laissant entrer dans la chambre de ma mère, par exemple. Irène n'y a jamais mis les pieds. D'ailleurs, elle n'aimait pas ma mère. Elle ne l'a jamais aimée… Cette pièce est toujours fermée à double tour et je garde la clef sur moi en permanence.

Le juge sortit le sésame d'une poche de son gilet

et il la brandit à la manière d'un crucifix face à une manifestation satanique.

— Et vous vouliez que je découvre quoi au juste ?

— Ma dévotion pour ma mère ! Les rapports particuliers que j'entretiens avec elle par delà la mort. Quelque part, c'est une explication à mon geste. Parce que les blessures ne se referment jamais complètement. Elle m'a fait beaucoup de mal parfois, en particulier lors de cet épisode nocturne, mais je lui ai tout pardonné. Ce n'est pas la même chose pour mon père !

— Je l'ai supposé quand j'ai vu votre mère seule dans le cadre. La photo a été déchirée, un peu maladroitement.

— Avec rage, je vous l'affirme !

Landowski vit naître une colère qui s'apaisa très vite. Le juge changea de sujet. En forçant le trait, il dit malicieusement :

— Et puis, dans cette chambre, il y avait un clin d'œil à l'enquête…

— Un objet particulier ?

— Oui. Avez-vous remarqué le pendentif qui était disposé sur le lit près du chapeau et des gants ? Je l'ai placé dans un écrin de joaillier.

— Je m'en souviens très bien.

— Il ne vous a pas intrigué ?

— J'ai pensé que c'était un bijou ayant appartenu à votre mère.

— Pas du tout ! Il s'agit de la chaîne que j'ai retrouvée devant la porte au petit matin. Chez le docteur Michel.

— Un bijou perdu par Maria dans sa fuite, vous voulez dire ?

— Très certainement ! Dans le camée, il doit y avoir sa photo. Je ne suis pas parvenu à l'ouvrir. Je n'ai pas voulu l'abîmer avec mes grosses pattes.

— Pour en revenir à ce matin-là, pourquoi vous, un magistrat, vous vous êtes laissé aller jusqu'au crime ?

— Elle était quasiment morte quand je l'ai trouvée dans l'eau. Il n'y avait plus rien à faire pour elle.

— Qu'est-ce que vous en savez ?

— L'autopsie l'a démontré !

— Quand vous étiez dans l'eau à côté d'elle, vous ne pouviez pas le savoir !

— Un filet de sang coulait de son nez. De sa bouche aussi. Elle avait les yeux clos et elle ne respirait que par courtes séquences et très faiblement. Elle était moribonde. En fait, j'ai constaté. C'est tout.

— Qu'avez-vous fait ensuite ?

— Je n'ai pas abusé d'elle comme vous l'avez suggéré tout à l'heure. Ne me reparlez jamais de ça !

— Vous avez vous-même émis l'hypothèse du viol par un rôdeur. Je pensais sérieusement que vous étiez ce passant anonyme. Cette affirmation cherchait à vous atteindre pour vous débusquer. Je crois avoir réussi.

— Plus que je l'imaginais. Décidément, vous êtes un bon flic !

Landowski ne releva pas le compliment.

— Et vous avez téléphoné d'une manière anonyme. Pourquoi ? Vous n'aviez plus aucun risque à vous identifier.

— Pour ne pas être mêlé à tout ça. Je n'étais qu'un vague témoin après tout.

— Ensuite, vous avez accompagné l'enquête ?

— Je n'ai été, à terme, qu'un instrument du destin. Je voulais connaître les véritables responsables de tout ça. Pour des raisons toutes simples d'humanité, les recherches ont été interrompues. Malheureusement !

— Et vous êtes resté sur votre faim...

— Exact.

— Pour aller plus loin, vous avez voulu détenir le dossier.

— Je voulais savoir ce qu'il y avait dedans.

— Vous avez fait faire une copie. Où est l'original ?

— Je n'en sais rien.

— Il est avec moi !

Le juge en fut réellement stupéfait.

— Comment avez-vous fait ?

— Moi ? Rien. C'est un inconnu qui me l'a fait parvenir. Peut-être est-ce celui qui vous a expédié la lettre.

Brousse se leva.

— Impossible. La lettre anonyme, c'est moi !

XXIX

Elle pleura encore. Ses yeux rougis lui faisaient un mal de chien. Il lui semblait qu'ils allaient rouler là sur le tapis de la chambre comme une paire de ces billes avec lesquelles jouaient les garçons sous les platanes de la place du village.

Et puis même si cela arrivait, elle n'en ferait pas un fromage. Dans cette affaire d'une tristesse infinie, il n'y avait pratiquement plus rien à voir, plus rien à savoir. A part assister, en y participant de manière inventive et active au supplice des responsables : des donneurs d'ordre comme des exécutants. Avant de choisir l'ombre la plus noire d'une manière définitive.

Elle savait maintenant comment tout cela s'était passé réellement. Enfin, elle pouvait imaginer ces cinq personnes lancées à la poursuite de Maria avec l'unique but d'en faire un cadavre. Même s'ils n'avaient pas réalisé pleinement leur sombre dessein, ils avaient été à l'origine de ce drame, de cet incroyable gâchis humain où les acteurs avaient perdu la raison en voulant négocier leur âme contre une piètre impunité.

Rien ne lui avait été épargné et les rebondissements incroyables de cette lamentable affaire ne lui étaient plus inconnus. Hélas !

Elle ne ferait pas de tri dans les responsabilités. Après tout, personne, surtout à la toute fin, n'avait décidé d'en rester là et de filer une belle claque au destin en sauvant Maria. Cette chance qu'on n'avait pas donnée à sa sœur, elle ne la donnerait pas non plus. Ni à ceux, ni à celui…

Il n'y aurait pas de circonstances atténuantes. Toutes les chinoiseries du monde ne suffiraient pas pour les punir à la hauteur de leur crime.

De cette demi-douzaine de coupables, il était temps de s'occuper du plus dangereux d'entre eux !

XXX

A la manière de Lucky Luke, Landowski mâchonnait un brin d'herbe.

Il avait quitté le bourg de Plouhinec par la rue Jean Guillou et avait roulé en direction de Pors-Poulhan en passant Kerglogay et Kerruc. Il avait laissé sa voiture sur le petit parking en arrière de la plage et avait gagné le promontoire en empruntant le chemin des douaniers. Un moment, il avait profité du panorama sur la baie d'Audierne en laissant errer son regard du phare de Penmarc'h à la pointe de Lervily.

Arrivé à côté de la statue de bigoudène qui marque la limite entre le Pays Bigouden et celui du Cap-Sizun, le commissaire fit une pause.

Il était assez content de lui. Cette affaire tordue au possible avait craché sa vérité au terme d'une pérégrination policière empreinte de finasseries et de zones d'ombre accentuées par le temps.

Maria dormirait en paix puisque ses bourreaux allaient devoir rendre des comptes à la justice malgré tout ce temps perdu. Et si cette justice ne pouvait agir à plein, ce serait celle des hommes qui prendrait le relais en faisant de ces responsables des parias éternels. Il pensa à cet équipage maudit ratissant la campagne à la recherche de Maria pour effacer par son silence leur culpabilité. Quel courage de traquer ainsi une jeune femme privée de son compagnon par les œuvres d'un chauffard ivre…

Il pensa aussi à Miss, future victime se dérobant à son destin par accident et retrouvant dans la mort, vingt ans après, les traces du passage de Maria dans le courant du Goyen.

Il pensa enfin à Louis-Antoine Brousse, garant de la loi et enfreignant celle-ci à cause de terreurs anciennes enfouies dans ses souvenirs d'enfance.

Quel gâchis !

Il poursuivit sa route vers l'ouest sur le chemin des douaniers et il passa devant l'imposant site paléolithique de Menez Dregan sans y prêter grande attention.

Brousse était sa préoccupation principale. Celui-ci lui avait avoué qu'il était l'auteur de la lettre anonyme. Il lui avait montré les preuves de cet aveu en sortant d'un coffre les pages du journal où manquaient les caractères d'imprimerie qui avaient servi à la rédaction de la missive.

A sa question de savoir pourquoi il avait agi ainsi, le juge lui avait répondu que c'était, à son avis, le moyen le plus sûr de distraire un commissaire de ses occupations pour chercher à identifier le mystérieux correspondant. Il avait suffi d'ajouter quelques menaces pour corser l'enjeu.

Mais d'autres interrogations taraudaient Landowski. Pourquoi le juge avait-il voulu lancer une enquête alors qu'il savait pertinemment qu'il avait toutes les chances d'être découvert au final ? Il aurait pu tout aussi bien laisser cette affaire s'enfoncer dans l'histoire jusqu'à l'oubli. Quel besoin de se risquer ainsi ? A moins justement d'aimer ce risque-là créateur de sensations fortes, plus fortes peut-être que tout acte sexuel… Brousse avait pu parier sur l'échec de Landowski et imaginer en sortir vainqueur et finalement blanchi par la mise en lumière de l'équipage maudit. Brousse aurait alors laissé le destin choisir ses coupables puisque coupables, ils l'étaient bien quand même. La mort, ils l'avaient bien donnée à Maria. Elle n'avait eu un sursis que par la force du hasard, par la présence fortuite de branchages sur son parcours mortel.

Mais Brousse avait dit à Landowski sa satisfaction de voir qu'il avait découvert bien des choses en peu de temps. Il avait avoué son crime mais il avait exigé, dans le même temps, qu'on lui accorde des circonstances atténuantes du fait de son enfance traumatisante. Prendre sa part ni plus ni moins. Le juge avait précisé que son avenir était bien gris. Non pas de par la perspective de devoir répondre de ses actes mais parce que ses jours étaient décomptés par des maladies insidieuses dont la conjonction inévitable le condamnait plus sûrement qu'un jury populaire.

En fin d'entretien, le magistrat en retraite avait exprimé le désir de disposer de quelques petites heures pour mettre ses affaires en ordre. Il avait argumenté en évoquant l'absence d'Irène. Curieusement, il n'avait pas dit qu'il souhaitait la prévenir. Il avait simplement demandé un délai afin qu'elle trouve tout en ordre à son retour.

Landowski continua sur le sentier qui longe la mer. Il s'approcha des plages de Guendrez et de Mezpeurleuch. Arrivé aux anciens fours destinés à extraire la soude du goémon, il fit encore une halte. Cette fois, il n'avait plus envie de continuer. Il allait rebrousser chemin. Il était temps de retourner chez le juge et d'en finir avec toute cette histoire.

Il n'est jamais bon de laisser trop longtemps des coupables face à leurs aveux. Brousse avait promis de ne pas attenter à sa vie.

Allait-il tenir sa promesse ?

XXXI

Louis-Antoine Brousse était mouillé de sueurs profuses. Des perles humides coulaient dans ses yeux et il devait cligner ceux-ci sans relâche pour évacuer le trop-plein qui ternissait son regard.

Après le repas, il était resté assis à la table de la cuisine. Il avait pris un temps interminable pour absorber son café comme s'il n'avait pas envie de se lever de sa place.

Il y avait bien des raisons à cela. Sa culpabilité reconnue et avouée dans la mort de Maria B. lui pesait plus qu'il ne l'avait imaginé. Un temps, il avait réellement cru que la conclusion de cette affaire ciselée de main de maître par le commissaire Landowski allait être en mesure d'éloigner les démons hurlants qui hantaient ses nuits blanches.

Après tout, il ne se sentait pas forcément responsable de cette mort puisque d'autres, avant lui, en avaient décidé ainsi. Si Maria avait suivi le chemin tracé par ses bourreaux, il n'aurait pas pu l'apercevoir au petit matin émergeant à peine de ce cours d'eau tranquille. Au lieu de cela, il aurait retrouvé le corps baignant dans une mare d'eau sale. Sans respiration, sans projet de témoigner, sans la moindre velléité, sans vie tout simplement. Et il aurait reconnu cette volonté du destin de le laisser en dehors de tout ça. Il aurait alors accepté cette rédemption par le mal. Ses remords d'avoir été l'instrument déclenchant de la mort de cette jeune femme se seraient dissous dans une vie tranquille et une mémoire sélective.

Mais elle vivait quand il était allé vers elle. Il l'avait prise, soulevée, tenue. Il avait senti cette animalité qui différencie les êtres vivants des pierres abandonnées au bord du chemin.

Pour leur malheur, à lui et surtout à elle, elle avait conservé un souffle de vie incroyablement dérangeant. Elle n'aurait pas pu retrouver une vie normale si les secours étaient arrivés à ce moment-là. Probablement.

Et lui, Brousse, aurait vécu des heures et des jours terribles en attendant que la moribonde reprenne ou non ses esprits. Cette éventualité-là, il ne pouvait pas se permettre de la laisser s'installer. C'était très grave d'avoir refusé d'ouvrir sa porte à une femme en danger de mort, surtout qu'elle avait réellement été, en conséquence, conduite au supplice. Un jury n'aurait pas pu admettre ce comportement d'un juge en exercice.

Il n'avait rien oublié de ce dilemme. Il n'avait pas oublié son choix, surtout que sa décision était déjà prise quand il avait franchi le portail. Il espérait secrètement pour lui comme pour elle que la mort avait déjà fait son œuvre. Il n'avait pas oublié la vibration de ce corps qui refusait la fatalité. Il n'avait pas oublié la blancheur de cette peau et le grain si fin de l'aréole du sein gauche que le mouvement de l'eau avait libéré de l'emprise de ce joli chemisier. Il avait vu la beauté de cette femme et le geste fou qu'il allait accomplir contre toute attente.

Il se souvenait fort bien de l'avoir vue s'enfoncer dans l'eau par manque de force et il n'avait pas oublié que son propre corps s'était désolidarisé de son acte en le faisant vomir.

Non, il n'avait vraiment rien oublié.

L'oppression thoracique qu'il sentait poindre tout à l'heure comme un mal insidieux, comme un prédateur rampant à l'affût d'une proie désignée, s'était installée. Il se disait bien que ces images dramatiques d'un crime ordinaire ne pouvaient pas être parfaitement acceptées par un corps sain. La machine se rebiffait et elle avait bien raison. Elle lui faisait payer ses erreurs et ses renoncements. Elle était sa conscience puisque son cerveau de malade n'était même plus en mesure de lui envoyer des signaux d'alerte.

Il avait des démangeaisons voyageuses qui lui grignotaient le bras gauche et il respirait de plus en plus difficilement.

Il sentait ses yeux se gonfler sous la pression. La peau de son visage et de son cou prenait l'apparence d'une carapace de batracien. Il était proche de l'œdème.

Tout à coup, il comprit qu'il ne se sentait pas mal à cause d'une réaction physique due à un problème psychologique majeur mais parce qu'il était en train de faire une allergie de premier ordre.

Il n'en fut pas choqué. Ce n'était pas la première fois.

Des manifestations allergiques, il en avait vécu quelques-unes et, malgré le sérieux de certaines, il avait toujours su enrayer le mal. Les médicaments ne manquent pas pour traiter ce genre d'affection soudaine et il avait l'habitude de tenir prêts les instruments nécessaires à l'administration des substances salvatrices.

Ainsi, dans le petit placard de la cuisine, celui de gauche quand on regardait la table de cuisson, il gardait prête une seringue d'épinéphrine plus connue sous le nom d'adrénaline, de l'Anahelp 1 mg.

La trousse d'urgence Anakit est composée d'une seringue et d'un piston à quatre ailettes à visser sur l'embout noir de la seringue.

Les ailettes cassées témoignent de la pénétration du piston dans la seringue et donc de la dose administrée.

Le juge Brousse parvint à se lever. Il sortit ses pieds de ses chaussons fourrés. Il déboutonna son pantalon et il le laissa glisser à terre.

Avec des gestes de pachyderme fatigué, il réussit à extraire ses jambes une à une du pantalon qu'il repoussa du pied puis il fit volte-face et s'avança vers le petit placard. Il en ouvrit la porte et engagea sa main dans l'ouverture un peu haute pour cet homme de courte stature.

Il tâtonna un instant puis ressortit sa main. Elle tenait une seringue dont le piston comportait les quatre ailettes habituelles.

Le juge tira la chaise vers lui pour se rasseoir et se laissa tomber lourdement.

Il se pencha en avant, écarta les jambes, approcha l'aiguille de la seringue de la partie antérolatérale de la cuisse gauche et il pratiqua l'injection intramusculaire en grimaçant. L'idéal aurait été de choisir la voie intraveineuse. Il n'avait pas le choix.

Il laissa son bras tomber le long du corps sans lâcher la seringue. Il ferma les yeux pour attendre le soulagement qui est toujours très rapide.

Mais ce soulagement ne vint pas.

Au lieu de cela, il sentit tout à coup son pouls s'accélérer et les sueurs reprendre de plus belle. Il crut avoir forcé sur la dose. L'Anahelp est à administrer avec précaution pour les sujets atteints de diabète insulinodépendant.

Il remonta son bras pour vérifier qu'il avait bien laissé une ailette en place pour preuve d'une dose incomplète. Son membre devenait lourd comme une branche morte. Il dut serrer les dents pour parvenir à terminer le geste.

Il présenta la seringue devant ses yeux et son sang se glaça dans ses veines. Le produit qu'il venait de s'administrer n'avait pas du tout la couleur ni même la consistance habituelle. Et ce n'était pas une erreur de sa part.

Sa respiration s'accéléra et il ne mit pas ce changement notable au compte d'une quelconque émotion. Il comprit qu'il était en train de subir un choc anaphylactique* provoqué par une substance allergène

---

*Choc anaphylactique : réaction grave provoquée par l'ingestion ou l'injection d'une faible dose d'un produit précédemment identifié par l'organisme qui le reçoit comme étant un agent allergène.

extrêmement dangereuse pour lui. Il tenta de réguler sa respiration qui devenait hésitante. Il essaya de se relever. Il n'y parvint pas malgré une mobilisation totale de son énergie. Il comprit que c'était peine perdue.

Il eut une pensée triste et fugitive pour sa mère. Cette fois, il devait avoir atteint le bout de son chemin…

Il sut qu'il avait raison quand celle qui venait de le condamner ouvrit la porte toute grande pour le regarder mourir.

XXXII

Elle approcha une chaise pour s'asseoir. Le spectacle était saisissant et elle n'aurait pas manqué ça, pour rien au monde !

Le juge Brousse avait les traits déformés par un urticaire géant. Son visage était bouffi au-delà du possible. Ses paupières étaient tuméfiées comme s'il avait pris une série de coups violents à la face. Il respirait difficilement comme un asthmatique en crise aiguë.

Il la regardait sans comprendre. Il tentait d'articuler des mots qui ne sortaient plus de sa gorge enflée jusqu'au paroxysme. Il voulait bouger mais il n'en était plus capable.

Elle assistait calmement à la déchéance de Louis-Antoine Brousse. Elle avait le sentiment de le dégrader comme on le fait d'un officier félon. Elle le voyait glisser de la lumière vers les ténèbres comme une sortie de scène bien orchestrée. Elle attendait la fin.

Elle ne ressentait aucun plaisir, aucune haine. Elle avait cru jouir de cet instant tant espéré. Elle avait hâte que ce soit terminé afin de tourner toutes ces pages de douleur chronique. Définitivement. Il n'avait que ce qu'il méritait, cet ignoble individu. Il avait ôté la vie à une jeune femme qui ne demandait rien à personne. Elle avait eu le tort d'aimer, de s'abandonner dans les bras de son compagnon, de faire l'amour avec lui et de rêver de leur avenir. Au bout du chemin, une voiture se préparait déjà à tout bousculer, à tout détruire. Comble de malchance, c'était cet homme qu'elle avait devant elle qui avait mis la touche finale à un drame affreux en refusant de donner sa chance à Maria. C'était donc son tour de trébucher, de tomber et de finir sur cette chaise de cuisine comme une outre percée en train de se vider.

Elle n'éprouvait aucun remords. Seulement un peu de dégoût devant tant d'actes manqués. Mais le sien ne l'était pas. Elle avait pu aller jusqu'au bout comme elle l'avait promis chaque année en portant des chrysanthèmes blancs sur la tombe.

Il restait à conclure…

Elle prit une grande photo dans un sachet qu'elle n'avait pas lâché. Une jolie femme souriait à l'objectif. Elle la brandit devant le juge Brousse dont les yeux commençaient à tanguer comme un bateau ivre.

— C'était ma demi-sœur, dit-elle, elle s'appelait Maria.

Puis elle lui cria dans les oreilles :

— Maria, Maria !

Louis-Antoine Brousse ne l'entendait plus. Son cœur avait cessé de battre.

XXXIII

Landowski eut comme un pressentiment. Il n'avait que trop tardé à revenir vers la maison du juge. Ce n'était pas dans ses habitudes de laisser un coupable face à sa conscience. Est-ce que cela voulait dire quelque chose ?

La porte d'entrée n'était pas fermée. L'ouverture ainsi créée aurait pu laisser passer une personne de faible corpulence. Genre chatte de gouttière.

Le commissaire avait horreur des prédateurs un peu trop discrets.

Il se dirigea rapidement vers la cuisine. C'est là qu'il avait laissé le juge en proie à ses tourments. Comme d'habitude, il n'y avait pas de lumière dans le couloir. Mais ce boyau sombre ne semblait pas mener à une quelconque alcôve, il avait plutôt des allures d'antichambre de la mort.

Landowski fut d'abord assailli par l'odeur. Le tableau n'était pas mal non plus. Le juge Brousse était avachi sur la chaise dont l'assise disparaissait sous son corps imposant. Il portait un caleçon partiellement masqué par une bedaine débordante. Ses chaussettes noires avaient glissé en accordéon. Sa tête était penchée sur le côté gauche. Une mousse rosâtre encombrait ses lèvres.

Il avait les yeux clos dans un visage gonflé comme s'il avait été étranglé.

Le premier réflexe du commissaire fut de s'approcher du corps pour vérifier immédiatement cette hypothèse. Il constata rapidement que le cou n'était pas entouré d'un quelconque cordon et qu'il ne portait pas de marques de strangulation apparentes.

Landowski saisit le poignet du magistrat afin de vérifier si son cœur battait encore. Il ne faisait ce geste que par acquit de conscience. Il savait bien que la vie s'en était allée.

Ensuite, il prit son temps pour s'écarter du corps comme s'il allait prendre une photographie. Il s'immobilisa pour bien s'imprégner de l'image.

C'est une attitude courante des enquêteurs sur une affaire. Il faut jauger les choses, se forger une première opinion et imprimer sur la rétine des images qui seront le fil rouge de l'investigation. Ce n'est pas forcément pour dire que la première impression est la bonne même si elle concourt souvent à l'établissement de la vérité. C'est la bonne manière pour endosser l'enquête, se couler à l'intérieur comme dans un labyrinthe et chercher à en sortir par tous les moyens.

Landowski en était là. Le juge Brousse avait-il attenté à ses jours alors qu'il avait promis d'être raisonnable ? Celui qui veut se supprimer ne le crie sur les toits que lorsqu'il a peur de ne pas se louper. C'est un appel au secours et un désir de vivre plus qu'une volonté de mourir. L'homme est ainsi fait. C'est parfois par le contraire qu'il arrive à se faire comprendre. Celui qui a choisi de partir réellement met son projet à exécution dans le secret de sa conscience et il ne cherche aucune publicité, aucun voyeurisme mis à part, parfois, le spectacle de son cadavre pour envoyer un message.

Sur le sol, il y avait une seringue. Landowski se baissa pour la ramasser avec toutes les précautions d'usage. L'aiguille était encore enduite de produit injectable. Il l'approcha de ses narines pour en respirer l'odeur. Rien d'autre qu'un relent bien habituel de médicament.

Il plaça sa trouvaille dans un petit sachet en plastique dont il gardait toujours un exemplaire dans ses poches. Réflexe d'enquêteur.

Il s'approcha de l'évier et il constata que la vaisselle avait été faite. Il avait déjà vu le juge pratiquer les tâches ménagères. Il se demanda s'il avait pu manger et laver son assiette après avoir subi ce qui ressemblait fort à un interrogatoire.

Il ouvrit la petite porte sous l'évier. Il s'étonna de constater que le sachet de plastique accueillant les déchets manquait. Il se dirigea vers la porte de service et il sortit dans la cour. La poubelle grise était là. Il en rabattit le couvercle et il fourragea dans les ordures à la manière d'un pauvre hère à la recherche d'une maigre pitance.

Le bout de bois qui lui servait d'instrument dégagea un étui de médicament. Il le ramena à la surface et l'approcha de la paroi. En le faisant basculer, il put lire le nom du médicament. Il s'agissait d'une boîte d'Amodex. Comme la notice était encore à l'intérieur, il put déplier le papier afin d'en connaître la prescription. Le médicament était présenté en un flacon de poudre à dissoudre dans un flacon de solvant. Il s'agissait d'Amoxicilline sodique 1 g. injectable en intramusculaire.

Il était prescrit pour soigner des affections en oto-rhino-laryngologie, en d'autres termes, des angines. Comme celle dont souffrait Irène ces derniers jours.

Il abandonna ses recherches et il retourna dans la maison. Il venait de se souvenir d'une indication du juge concernant le camée ayant appartenu à Maria. Il avait bien envie d'examiner l'objet.

Une fois qu'il l'eut en main, Landowski ne put s'empêcher de penser que le dos de ce bijou avait collé à la peau de Maria, qu'il avait été souvent blotti entre ses seins et qu'il avait senti les vibrations de son corps aimé, aimant. Pour le grand saut, le talisman n'était plus là.

Le commissaire tenta de l'ouvrir. Il n'eut pas plus de succès que le juge Brousse dans cette opération. Il se rendit dans sa salle de bain. Dans sa trousse de toilette, il pêcha son couteau suisse qu'il y avait oublié et il usa des différents outils pour ouvrir le fermoir du bijou.

Après quelques instants d'effort, il remarqua qu'il avait marqué celui-ci de rayures profondes. Brousse avait raison. Ce n'était pas facile de l'ouvrir sans dommage. Il décida d'insister lourdement. Et le camée céda enfin.

A l'intérieur, il y avait deux photos, une de chaque côté, comme un diptyque. Il s'agissait de deux jeunes filles photographiées en noir et blanc et qui souriaient.

Landowski décolla les photos. Il n'y avait aucune mention au dos. Cette découverte n'apportait rien d'utile.

Landowski replia son couteau suisse et le plaça cette fois dans sa poche. En relevant la tête vers la glace, il repensa à cette scène curieuse où il avait surpris Irène nue devant ce même miroir et il sortit.

Il passa dans l'autre aile de la maison et il se dirigea vers la chambre d'Irène. La porte n'était pas fermée à clef. Il entra et referma derrière lui. Il s'étonna de ce geste pourtant si naturel. Avait-il le souci de l'intimité ?

Un parfum discret flottait dans l'air. Il effleura le dessus de lit strictement tiré aux quatre coins. Il flatta l'oreiller puis il s'assit sur la chaise encombrée par une chemise de nuit en lamé. Il imagina Irène drapée dans ce vêtement et il ne put s'empêcher d'approcher le tissu de son visage.

C'est à ce moment-là qu'il remarqua un portait de femme dans un cadre. Et cette femme semblait le regarder. Intensément.

Il comprit que le juge Brousse avait été assassiné.

XXXIV

Une petite fille en sarrau poussait un caillou dans les marches. La pierre ronde dévalait la pente en sautillant. Curieuse, cette petite fille ainsi habillée comme aux temps jadis ! Il y avait bien longtemps que ce genre de vêtement n'était plus usité. Landowski pensa que la grand-mère avait du garder ce vêtement dans son armoire et en affubler sa petite fille venue passer quelques jours à Pont-Croix.

Le commissaire s'était assis dans le virage de la Grande Rue Chère sur le banc qui était là pour permettre aux grimpeurs de faire une pause. La rue ancienne et pavée est assez sportive avec sa pente accentuée. De l'autre côté de la rue, peintes sur un panneau de bois, trois paysannes lui tournaient le dos. Elles regardaient la mer.

Une femme vêtue d'un imperméable mastic, les cheveux pris dans un fichu un peu strict, montait les marches une à une à un rythme lent pour ménager son souffle. Elle tenait à la main droite un cabas de fibres tressées. Les feuilles d'une botte de poireaux en dépassaient. Landowski se laissa aller à un pâle sourire. L'image était proche de la caricature.

La femme releva la tête et se figea quand elle reconnut Landowski.

— Qu'est-ce que vous faites là ? demanda-t-elle d'une voix inquiète. Il lui est arrivé quelque chose ?

— Le juge Brousse est mort, répondit laconiquement le commissaire.

— Un accident ? demanda-t-elle.

— Non, un meurtre, répondit-il.

Il se leva lentement comme pour lire une sentence et il ajouta :

— Et c'est vous qui l'avez tué !

Irène fit quelques pas vers le commissaire. Elle posa son cabas sur les pierres humides et elle s'assit à côté de lui sur le banc.

— Comment avez-vous su ?

— D'aucuns vous diraient que c'est une longue histoire. Pour ma part, je ne crois pas qu'il soit nécessaire d'épiloguer longtemps.

— Mais encore…

— Je me suis souvenu des portes entrouvertes à chaque fois que j'avais une conversation avec le juge. J'ai trouvé l'étui qui a contenu l'Amodex. J'ai ouvert le camée. J'ai observé les petits portraits qui étaient dedans. J'ai vu une photo dans votre chambre. J'ai cassé le verre pour lire au dos. Puis j'ai trouvé le bordereau roulé dans un vase.

Irène ôta son fichu et secoua ses cheveux pour leur redonner de l'ampleur. Landowski tourna la tête pour la regarder.

Elle avait cette beauté pathétique des femmes coupables.

— Il fallait bien que tout cela s'arrête un jour ! dit-elle, fataliste.

— Vous avez tout écouté de nos conversations depuis que je suis arrivé. Pour une raison toute bête probablement, vous êtes revenue chez vous sans crier gare.

— Je suis venu chercher du petit linge.

— Vous avez entendu notre dernier entretien lors duquel Brousse avouait le meurtre de Maria B… Vous avez alors décidé de le lui faire payer. Et quoi de plus facile ? Personne ne vous savait dans la maison. Un peu plus tard, une fois que j'étais sorti, vous avez fait semblant de revenir. Vous avez préparé à manger pendant que le juge avait quitté la cuisine. Vous avez vidé la seringue d'adrénaline que le juge gardait toujours prête en cas de problème grave. Vous avez remplacée celle-ci par de l'amoxicilline qui vous avait été prescrite pour votre angine. Probablement avez-vous provoqué un début d'allergie chez le juge en lui faisant absorber un peu de ce produit dans les aliments que vous aviez préparés. J'ai bon ?

— C'est exact. J'ai donc fait à manger…

— Et ensuite vous avez tout nettoyé, peut-être même pendant qu'il agonisait…

— Non, non ! Juste après.

— Le juge a senti qu'il allait mal. Vous l'aviez laissé seul un moment. Il vous a peut-être appelée mais vous n'êtes pas venue. Il s'est administré ce qu'il croyait une dose d'adrénaline et il s'est tué lui-même. Ensuite, vous avez remis la bonne seringue dans le placard pour qu'on croie qu'il avait utilisé la vôtre par erreur… Je suppose aussi qu'il avait déjà fait une réaction à ce produit auparavant et que le choc anaphylactique que vous avez provoqué était imparable.

— C'est assez bien vu, Commissaire. Brousse a eu bien des problèmes de santé dans le passé. C'était facile à réussir dans son cas. D'ailleurs, il le fallait !

Elle se redressa comme par fierté.

— C'est quoi cette histoire de camée ? demanda-t-elle.

— Maria a perdu ce pendentif et sa chaîne en or quand elle a été poursuivie avant sa mort. Brousse l'a ramassé sur le perron de la maison du docteur Michel. Il a essayé de l'ouvrir mais il ne l'a pas forcé de peur de l'endommager. Ce que j'ai été contraint de faire pour l'ouvrir.

— Et qu'avez-vous trouvé à l'intérieur de si intéressant ?

— Ce qui manquait pour éclairer ma lanterne. Dedans, il y avait deux petites photos. Il y avait une de vous, je l'ai compris plus tard, et une de Maria elle-même. Vous aviez la même dans votre chambre. En grand. J'ai cassé la vitre. Au dos, j'ai lu : « *A ma sœur Irène de la part de Maria.* » Il m'a suffi de passer quelques coups de fil et j'ai appris que vous aviez eu une demi-sœur. J'ai pu vérifier aussi que c'était bien la Maria retrouvée morte dans le Goyen. Et tout est devenu clair. Vous l'aviez vengée !

— Bravo Commissaire ! Le juge Brousse avait raison de croire en votre efficacité. Quand il a commencé avec cette lettre anonyme, je me suis inquiétée. J'avais, comme vous vous en doutez certainement, récupéré le dossier aux archives et j'ai emporté le bordereau de retrait pour ne pas être découverte. J'aurais dû le détruire. Je me suis demandé s'il se doutait de quelque chose. En vous voyant débarquer, j'ai pensé qu'on finirait bien par en savoir un peu plus. Ensuite, je vous ai expédié le dossier pour que vous ayez bien toutes les cartes en main. Moi, je n'y arrivais pas. J'étais loin de me douter que Brousse s'intéressait à cette douloureuse affaire justement parce qu'il y avait participé.

— Et cet aveu a du être un choc pour vous…

— Imaginez que Maria est venue chercher du secours et qu'elle n'en a pas trouvé. Brousse a été veule, lâche, odieux et criminel. J'aurais pu essayer de lui pardonner l'ignominie de ne pas avoir ouvert à Maria. J'aurais pu essayer de comprendre si je ne pouvais pas l'en excuser. Mais je ne pouvais pas l'absoudre de son crime. Il devait payer pour ça. J'ai décidé de le tuer. Et je devais réussir. Pour Maria !

— Vous allez rendre des comptes pour ça…

Irène releva la tête.

— Que voulez-vous que ça me fasse ! dit-elle avec une pointe de cynisme dans la voix. Je ne me suis jamais remise de la mort de ma sœur. J'ai vécu dans la haine et l'incompréhension. J'ai souhaité pouvoir un jour rencontrer ses bourreaux pour leur faire payer tout le mal qu'ils lui avaient fait et tout le chagrin que j'avais traîné derrière moi pendant toutes ces années. J'ai programmé leur mort. J'ai imaginé leur supplice. Lent, douloureux, insupportable. C'était mon seul objectif. C'est la seule chose qui m'a tenue en vie. Quand j'ai su que Brousse était l'artisan de l'ultime épisode, je n'ai pas failli, malgré les bons moments que je lui dois. La haine a investi tout mon être. Il a laissé mourir Maria. Je l'ai regardé mourir à son tour. Mais avant, je lui ai tout dit pour qu'il ne meure pas idiot. Alors aujourd'hui, je n'ai rien à attendre de personne. Et de mon lendemain, pour tout dire, je m'en fous un peu…

— Et votre vieille tante ?

— Elle est morte ce matin.

ÉPILOGUE

Lentement, ils remontèrent tous les deux vers la place.

Un fourgon de gendarmerie attendait au bout du parking.

Deux gendarmes, les jambes écartées comme des marins soucieux du roulis, patientaient à deux pas du véhicule.

Ils rectifièrent la position en voyant le commissaire approcher.

L'un d'eux fit glisser la portière.

Landowski prit le bras d'Irène pour la faire monter à l'intérieur.

Une voix d'enfant interpella :

— Madame, Madame !

La scène se figea. La petite fille qui avait interrompu sa partie de "pousse-caillou" approcha en trottinant.

Elle tenait le cabas de fibres tressées devant elle de ses deux mains. La botte de poireaux oscillait comme un métronome.

— Vous avez oublié votre panier près du banc, dit-elle.

Irène s'en saisit et elle esquissa un sourire en guise de remerciement.

— Comment c'est ton prénom ? demanda-t-elle doucement.

— Je m'appelle Maria ! répondit une voix enfantine.

Puis la petite fille s'éloigna sur la pointe des pieds, comme une ballerine.

FIN

Keruchen, le 26 octobre 2004.

125, Vieille Route de Rosporden - 29000 Quimper
E-mail : editions.alain.bargain@wanadoo.fr
Site Internet : perso.wanadoo.fr/editions.bargain

ÉDITEURS DE BRETAGNE

Dépôt légal n°7 - 1er trimestre 2005
ISBN 2-914532-52-0 — ISSN 1281-7813
N° d'impression : 412161
Imprimé en France